KB146796

사 랑 하 는 벗 에 게

사랑하는

시 짓는 수행자
도정 스님이 보내는
마음 편지

도정 글
김화정 그림

벗에게

담앤북스

『사랑하는 벗에게』는 짧은 편지 형식의 글이면서 내 자신과 사랑하는 벗을 향한 솔직한 독백입니다. 벗을 향해 속내를 보인 글입니다.

벗이라는 말은 친구일 수도 있고, 아내나 남편 때로는 자식이나 형제일 수도 있습니다.

벗은 도반이라는 말이기도 합니다. 도반은 '함께 길을 가는 짝'이라는 의미입니다. 어쩌면, 그 함께 길을 가는 짝이 자기 자신일 수도 있습니다.

오래되고 다정한 벗일지라도 내 속내를 드러낸다는 게 쉬운 일은 아닙니다.

그래서 만나고 어울려 즐거운 한때를 같이 보냈더라도 헤어지면 늘 허전하고 아쉬운 부분이 남기 마련입니다.

　그 허전하고 아쉬운 부분을 채울 수 있는 게 있다면 과연 무엇일까요.

　어느 날 문득, 우리가 죽음에 임박했을 때에도 마찬가지일 것입니다. 삶의 허전하고 아쉬운 부분 역시 누구에게나 있기 마련일 테니까요. 『사랑하는 벗에게』는 그럴 때 읽으면 좋은 글이었으면 하는 마음으로 써내려갔습니다. 심중 깊은 곳에서 길어 낸 사랑이자 위로입니다.

도정 합장

차례

1부

외로움은 사랑을 빛나게 하네

001

가슴 아픈 일이 생기는 걸 보면 한 차례 또 꽃이 필 모양이었네. 꽃은 아픈 가슴속에서 사랑을 먹고 피는 것. 나중에 나중에, 갈 곳에 가서는 누구나 알게 될 것이었네. 그때 마주할 그 꽃들이 다 어디로부터 왔는지.

002

잠자려고 누웠다가 다시 일어나 생각하였네. 사람이 전생에 얼마나 선업을 많이 지었기에 현생에서도 착한 생각을 하며 사는 것일까. 사람이 전생에 얼마나 악업을 많이 지었기에 현생에서도 악한 생각을 하며 사는 것일까. 억만금의 재산보다 착한 생각하며 사는 그 삶이 백배 천배는 귀한 것 아니겠는가.

003

나는 가끔 악몽을 꾸네. 내 악몽은 누군가에게 화를 내는 꿈이었네. 그리고 꿈에서 깨면 나는 못 견디게 서러웠네. 나는 꿈에서라도 누군가를 미워하고 싶지 않다네. 누군가 나를 괴롭혀도 정말 화내고 싶지 않다네. 그런데 이런 화내는 꿈을 통해 내 무의식의 화를 확인하는 밤이면 수행력을 한탄하네. 서럽게 눈물을 흘린다네. 혹시, 그대의 꿈에서라도 내가 화를 낸 적이 있거들랑 부디 용서해 주시게나.

태어나면서 이미 늙기 시작한 우리의 본성은 이별이었네.
사람과 사람 사이에 수평선 같은 덧없음이 놓여 있었네. 번
뇌는 조류潮流처럼 밤새 들썩였고 상념은 허무에 쏠렸다네.
삶은 늘 이별의 매정한 본성에 마주한 몸부림이었네. 그러
나 사랑이라는 한없이 뜨겁고 고운 눈물, 모두의 생애에 물
안개처럼 스며드는 중이었지. 새벽하늘 하루의 시작 같은
설렘이 우리에게 필요한 이유였네.

아침노을이 지면 비가 온다네. 창 너머 먹장구름이 일면서 하늘이 어두워졌네. 나는 인생을 생각하였네. 돌이켜 보면 아름다운 시절은 잠시였었네. 구름이 바람에 왔다 가듯이 나도 흩어질 존재였네. 비가 내리고 어디선가 뭉게구름 피어나듯 나도 다시 올 수 있을는지는 모르겠네. 그래서 이렇게 사는 게 헛꿈이 아닐까 생각다가, 돌이켜 보면 성성하기도 이를 데 없네. 지금 이 성성한 삶이 뉘게 소중한 어떤 의미기는 했었던 것일까?

사실, 나는 내게조차도 어떤 의미였는지 잘 모르겠네. 인생이 별것 없다는 말은 슬프기 짝이 없지만, 딱히 반박할 구실이 없기도 하였네. 그렇다고 생에 애착이 강해서 그런

건 아니라네. 그 어떤 소중한 의미가 되고 싶어서 애태우는 것도 아니라네. 봄날의 아지랑이처럼 아물거리는 것이 인생이었으니 소중한 어떤 의미를 애써 가진들 어쩌면 달라질 것도 특별히 없지 않을까 하였네.

　그러나 인생이란 게 이처럼 허망할지라도 내 어머니는 나를 잉태한 뒤 부른 배에 가지런히 손을 얹고 축복을 하였을 것이네. 고운 마음으로 건강하게 태어나 무럭무럭 자라기를 간절히 기도하였을 것이네. 뿐만 아니라, 나를 아는 모든 이들이 알게 모르게 내게 사랑을 주었을 것이네. 그래서 내 삶이란 이런 기도들의 응집이었을 것이었네. 그러니 구름처럼 가벼운 내 삶에 태산 같은 사랑이 담겨 있을 것이었네.

아침노을과 구름과 비를 보며 삶의 허무함을 생각하다가 한없이 가벼운 것에 한없이 무거운 가치가 실릴 수 있다는 걸 새삼 알게 되었네. 그래서 삶에 대한 소중함도 다시 깨닫는다네. 누군가 자신의 삶을 구름처럼 가벼이 여긴다면, 당신의 삶이 그 어떤 특별한 의미일 필요는 없지만, 소중한 기도와 사랑의 응집이자 결정체란 말은 꼭 해 주고 싶었네. 혹시나 지금의 삶이 무의미하게 느껴질지라도 누군가에게 사랑을 주어야 할 의무쯤은 당신에게 여전히 남아 있는 것 아니냐고 어머니의 마음으로 간절히 말해 주고 싶었네.

006

하염없이 봄비가 내리면 부질없는 짓을 잃어버린 나이가 슬
플 때가 있네. 추억할 일이 더 많아지는 나이가 된 탓이었네.
사람들의 시선은 아랑곳없이 미친 듯이 비를 맞았던 시절이
있었네. 부질없던 행동도 아름다울 수 있었던 시기가 있었다
는 건 행복이었네. 그 아름답던 시절을 잃어버린 사람들은
오늘도 목적만을 향해 정신없이 내달리네. 마치 목적과 목
적의 당위성과 그에 대한 노력 없는 삶은 게으름과 나태며,
뭔가 살 가치조차 없는 실패한 인간이라는 듯이 말이네. 그
런데 인생은 어떤 작위적 목적을 위한 삶에 자신을 내던지
지 않아도 좋지 아니한가. 개개인의 존재 자체가 어차피 최
선의 삶이지 않은가 말이네. 이 우주에 나와 똑같은 인간이
단 한 명도 없다는 아주 비근한 사실만으로도 우리는 극적

이고 소중한 존재로 태어난 게 증명된 것이었으니 말이네.

　사실, 나는 봄비에 대한 말을 하고 싶었네. 그런데 비닐하우스를 때리는 빗소리를 넋 놓고 듣다 보니 비에 대한 본래의 의도를 놓쳤네. 어차피 비는, 비라는 정체성을 변함없이 가지는 건 아니었네. 사람이 어떤 목적을 향해 자신의 삶을 소비시키면서 진정 추구해야 할 삶이 무엇이던가 생각지 못하는 것처럼 말이네.

007

"고놈, 비 한번 오지게 공평하다"고 혼잣말을 했다네. 풀만 무성한 내 빈 절터가 비에 젖어 진탕이었네. 천년 고찰도 비에 홈빡 젖었을 것이었네. 우산 안 쓰면 이놈이나 그놈이나 비에 젖기는 마찬가질세. 젖어서 좋을 이 누가 있을까 하여도 젖을까 미리 걱정부터 하는 이도 있는지라 그이는 불쌍하지 아니한가.

008

우리는 오가는 말에 휘둘릴 때가 많다네. 살다 보니 칭찬이
든 비난이든 진지한 사랑의 충고든, 말을 하는 그 자체만으
로는 그리 어려운 건 아니었네. 때와 장소를 잘 가리는 게
중요하였지. 누군가에게 충고를 한다는 건 참으로 시의적
절해야 하고 신중해야 하고 한편, 조심스러워야 하였네. 그
런데 받아들이는 마음 자세는 더욱 중요하다는 생각을 하
네. 세상에는 병도 많고 약도 많지만 내 자신이 병든 것을
모르는 그 병이 가장 무서운 것이었으니 말이네.

009

사소한 일이 큰 사건의 발단이 되는 경우가 많았다네. 한 생각으로 인해 일어난 번뇌 역시 그러하였네. 물질적 일체 현상에 대한 말이기도 하거니와 지극히 개인적인 번뇌의 바탕에 관한 문제이기도 하네. 세상이 불만족스러워 내 번뇌가 생기기도 하지만, 내 번뇌로 인해 세상이 불만족스러워지는 것 아니겠는가. 특히나 내 것이 될 수 없는 것을 내 것으로 만들고자 하는 데서 번뇌가 커지는 것을 생활 속에서 보았네. 불확실한 미래에 대한 막연한 걱정 때문에 지금의 행복을 포기하는 그런 어리석은 짓도 사람들은 자연스럽게 받아들였네. 그래서 당면한 현재의 행복을 사람들이 볼 줄 알고 그 행복을 누렸으면 참 좋겠다는 생각을 잠시 하였네.

010

혼잣말도 더없는 위로가 될 때가 있네. 봄날의 해가 뜨고 나는 아침부터 텃밭에 물을 주었다네. 누가 볼까 문 닫고 먹는 겨울 상추에게, 꽃대 올린 봄동에게 물을 듬뿍 주었다네. 며칠 전 씨를 뿌렸더니 막 머리를 내미는 열무에게도 어제 새로 씨를 뿌린 치커리와 대파에게도 목마르지 말라고, 척박한 땅에 씨를 뿌려 미안하다고 말하며 저 깊은 땅속에서 뽑아 올려 단물을 주었다네.

"역경은 역경이 아니야. 그렇게 씨앗도 껍질을 벗어야 떡잎을 내거든."

혼잣말로 위로하며 물을 듬뿍듬뿍 주었다네.

011

콩 심은 데 콩 나고, 팥 심은 데 팥 나야 되는 것은 너무나
당연한 게 아닐까 싶네. 그런데 콩 심은 데 팥 나는 얘기를
들었다네. 무슨 얘기를 하다가 나온 말인지는 잘 기억나지
않지만, 나름 돈푼깨나 있는 사람과 인사를 나누게 되었는
데 그러더군. 요즘은 나쁜 짓 하는 사람이 더 잘 살고, 남 해
코지하는 사람이 더 잘 살고, 남 마음 아프게 하는 사람이
더 잘 사는 세상이라고 하더군. 그러고 보니 세상이 그렇

게 돌아가는 것 같네. 정치가 그렇고, 경제가 그렇고, 우리 사회가 그렇게 돌아가는 것 같다는 생각을 했네. 그래서 많이 슬펐네. 그래도 나는 믿어야겠네. 반드시 인과因果는 엄중히 적용될 거라고 굳게 믿어야겠네. 그 인과를 믿는 착한 사람들 때문에 이 세상이 이나마 유지되는 것이라고 거듭 거듭 또 믿어야만 하겠네.

012

자주 만나지 못하다 어쩌다 한번 만나면 대화의 공감대가 잘 형성되지 않을 때가 있었네. 근래에 어떻게 지냈는지 묻고 대답하는 게 형식처럼 반복될 때도 있었네. 만날 때마다 지난날의 추억을 끄집어내는 일도 갈수록 식상해져 버리니 관계가 좀 섭섭해지기도 하였네. 가족 관계도 그렇고 부부 관계도 그럴 테지. 자식이 크면서 부모와 대화가 끊기고, 공감할 수 있는 부분이 줄어드는 것도 비슷한 이치가 아닐까 생각하였네. 각자의 생활 터전이 구분되어 있고, 삶의 방법에 대한 정신적 거리와 지역이 다른 물리적 거리 탓도 있겠지. 이럴수록 자주 연락하고 억지로라도 자주 만났으면 좋겠네. 한편, 외로움은 사랑을 빛나게 하네. 출가한 나도 가끔은 외롭다네. 사람이 외롭지 않으면 사랑인들 소중할 리 없었네. 그러니 만남이란 그 사람의 소중함을 새삼 확인하는 일이었네.

013

빗자루를 들고 마당을 쓴다든지 산내 암자 길을 쓴다든지 하는 일은 마음을 가만히 들여다보는 일이었네. 누구는 마음의 때를 쓴다고 하더라만, 그건 우스운 말이네. 마음은 쓰는 게 아니라 살펴보는 일이 전부 아니던가 말일세. 자꾸 마음에 쌓이는 번뇌를 빗자루 들고 살펴보는 게 마당 쓰는 재미 아니겠는가. 이 재미있는 놀이를 머리를 깎고서야 알게 되었으니 참 야속한 일이었지만, 그나마 다행이었네. 서산의 해도 살펴보고서야 비로소 눈물겹게 지는 줄 알았으니 말이네.

014

낮에 사천에서 신혼부부가 아기를 안고 찾아왔었네. 나는 산에서 고사리밭을 정리하느라 승복이 아닌 작업복을 입 었고, 먼지까지 뒤집어써 꾀죄죄한 모습이었네. 옷도 못 갈 아입고 앉아 미리 따다 놓은 매화꽃을 냉동실에서 꺼내 매 화차를 대접하였네. 몰골이 말이 아닌 중이었는지라 미안 하기 그지없었네.

아기 엄마는 집으로 돌아가기 전, 파릇파릇 올라온 어린 쑥을 겨우 한 끼 먹을 만큼 캤다네. 나는 어린 쑥보다는 좀 더 자란 것이 있는 곳으로 안내하겠다고 하였더니 그게 아 니라고 하였네. 많이 먹으려는 게 아니라 봄 향기를 먹고 싶 어서 어린 쑥을 캔다는 것이었네.

이 나이 먹도록 나는 쑥을 캐는 일이 봄의 향기를 먹기 위한 것임을 잊고 살았구나 싶었네. 다시 생각하니 쑥은 정말 봄의 향기였네. 어린 순을 고르고 고르며 사랑하는 이에게 한 움큼 끓여 내는 그 설렘이 쑥이었다네. 그래서 일행을 보내고 나서 나도 쑥을 캤다네.

혼자 먹어도 쑥은 그렇게 봄향이었네. 냉이도 봄향이었네. 누가 많이 캐느냐, 얼마나 많이 가져가서 끓여 먹느냐가 아니라 얼마나 봄향을 더 느끼느냐가 중요하였네. 내 남은 인생도 얼마나 사람다운 향기를 더 내느냐가 중요한 문제일 것이었네.

015

몇 번을 생각해도 어떻게 사느냐가 문제였네. 알고 깨닫는 건 정말 중요하지. 그래도 어떻게 살 것인가 하는 문제 앞에서는 앎이란 별 힘을 못 쓰네. 먼 길을 가기 전 미리 방향을 정하듯 지식과 지혜는 그럴 때 필요한 것이었네. 어떻게 사느냐 하는 실천의 문제에 부딪혀서는 사람에 대한 사랑 이외에는 필요 없다는 생각을 하였네. 그래서 '차나 한잔 마시고 가라'고 조주 선사가 그랬나 보네. 나는 사람마다 사랑이 간절한 신앙이자 신행이기를 기도한다네.

016

평등한 인간관계를 실천하며 사는 일이 벗이라는 말 속에 담겨 있었네. 평등심平等心이 가장 잘 드러난 현상이 무엇일까 생각하다가 벗을 생각했다네. 벗의 관계는 누군가 높아지려고 하거나 누군가 상대적으로 비천하다는 생각을 갖게 되면 좋은 만남이 지속되지 못하네. 그래서 벗의 관계는 신분과 재물의 영향, 때로는 나이마저 초월해야 하네. 있는 이가 더 베풀면서 겸손할 줄 알고, 없는 이는 주눅 들 필요가 없어야 하네. 동등한 인격체로 서로를 인정하고 용납하며 수용할 때 좋은 벗이 되겠지. 비근한 생각이라 해도 그런 벗의 관계야말로 평등심이 실현되는 이상 세계의 한 단면 아닐까 생각하였네.

017

버릇이라는 게 참 고약한 놈이었네. 고약한 작은 버릇 하나 고치기가 이렇게 어려우니, 선한 버릇을 몸과 마음에 새로 익히기란 얼마나 어려운가. '세 살 버릇 여든 간다'는 말이 버릇 한번 잘못 들면 평생 그 고약한 버릇을 달고 살아야 된 다는 말이 아니겠는가. 나이가 들수록 선한 버릇이 몸에 잘 들지 않으니 나는 큰일이었네. 그래서 도道가 높아도 업業을 이기기가 어렵다는 말이 있는가 보네. 순간순간의 생각은 선하고 아름다울 수 있어도 그걸 지속적으로 내 삶에 녹여 낸다는 건 참 어려운 일이었네. 선한 생각도 몸에 익어야 덕스럽게 발현될 텐데 말이네. 희고 깨끗한 천에 업이라는 온 갖 색깔의 물이 들었는데, 그걸 다시 희게 만드는 것만큼이나 어렵네. 그래도 옛날의 우리 어머니들처럼 방망이로 두드리며 비비고 빨다 보면 업이 좀 깨끗해지지 않을까 싶네.

018

어렸을 때 할머니랑 둘이서 한 칸 초가집에 살았더랬네. 툇마루에 앉아 콩밭에 내려앉는 새 망도 봤다네. 가을걷이 끝내고 초가집 이엉을 새로 얹을 때, 부락에 솜씨 좋은 어른이 꼬아 온 새끼줄이 내 키만큼 마당에 쌓였었지. 그런데 아무리 솜씨 좋은 이가 꼰 새끼줄이라도 짚과 짚이 이어진 마들가리 옹이가 없을 수는 없었네. 내가 지금까지 생명을 이어오면서 위태로울 때도 참 많았고, 우여곡절도 많았는데, 생애 가운데 그 마들가리 옹이 상처가 없었다면 지금까지 올 수 있었을까 싶었네. 질긴 생명처럼, 보이지 않게 이어진 옹이진 상처 자리가 더 단단한 것도 고마울 따름이었네.

019

하나의 한계를 벗어나면 또 다른 한계의 파도가 내게 밀려 왔네. 그 한계에 늘 당당히 맞서는 이를 우리는 대웅大雄이 라고 하네. 한 생각 한 생각마다 칼날인 생을 우리는 위태 롭게 남겨 두거나 그 위를 걷고 있었네. 나는 그 시간의 찰 나 찰나를 놓치지 않기를 소망한다네. 지난날 그토록 바라 던 자유가 여기에 있었다는 것과 내 자신으로부터의 자유 도 여기 있었다는 것을 알고서는 그 위태로운 생이 눈물겹 도록 고마웠네.

020

사람이 늙으면 말이 통하지 않을 때가 많네. 아마 자신이 믿고 싶은 것만 믿고, 자신의 입장에서 말하고 싶은 것만 말하고자 하는 심리적 현상이 굳어져 그럴 것이네. 이런 현상이 어찌 늙은 사람에게만 나타나겠는가. 지나치게 관능적이고 이기적인 철없는 젊은이들의 현상이기도 하였네. 나도 내 귀에 조금이라도 거슬리는 말은 듣고 싶지 않은 마음 때문에 말이 안 통하고 답답해서 가슴을 칠 때가 있네. 특

히나 상대방을 이해시키려고 많은 말을 해야 할 때는 괴롭기도 하다네. 그런데 되돌아 생각해 보면 이렇게 답답해하는 현상까지 내가 말하고자 하는 바만 강조한 탓이 아닐까 생각하였네. 내 입장에서 말하고자 하는 바와 듣고자 하는 바를 내려놓고 모든 것을 잘 받아들일 줄 알면 참 좋겠는데 쉽지가 않네. 그래도 이처럼 엇갈린 생각 가운데서도 사람에 대한 사랑만큼은 결코 포기할 수 없는 일 아니겠는가.

021

아픈 곳 하나 딱히 없어도 천지가 다 아플 때가 있네. 이 아
픔은 불쌍하고 안타깝기 그지없음의 반복이었네. 누군가 아
프고 내가 아픈 일이었네. 우리의 인식 깊숙한 곳에 씨 하나
가 떨어지면 어느새 싹이 트고 열매를 맺어 돌이킬 수 있는
기회도 점점 멀어지네. 또한 그 쓰고 괴로운 열매를 속수무
책으로 받아먹어야만 하네. 그러면 하나 아픈 곳 없이 다시
천지가 아프고 병이 드네. 이럴 때 산으로 숨어든들 피하겠

나. 바다로 도망을 간들 괜찮겠나. 속수무책의 천둥벌거숭이가 되어 가시밭길을 헤매고 다녀야 하네. 한 생각 일으키면 생生이고 한 생각 사라지면 사死가 되지만 생사生死가 어찌 따로 존재할까. 사람들은 그 고해苦海의 파도를 넘나들며 부초처럼 떠다니는 신세였네. 사랑도 그렇거니와 하물며 미움은 말해서 무엇할까.

022

인생에서 준 것도 다시 되찾아 갈 때가 있거늘 그냥 빚진 것은 말해 무엇할까. 되돌려 줄 수 없는 그날이 닥치면 어찌 다 감당할 수 있을까 심히 염려하였던 사건이 있었네.

삼 년 만에 도끼를 찾으러 허리 굽은 할머니가 나를 찾아오셨다네. 전에 암자에서 살 때 필요하면 쓰라고 주셨으면서 집에 도끼가 다시 필요하다고 하셨네. 새로 사드릴까 하다가 안 쓰던 자루 빠진 도끼 하나가 생각나 대신 주기로 했네. 다음 장날에 들러 가져가셨다네. 그러다 할머니가 또 오셨다네. 당신네 도끼가 아니라고 다시 가져오신 게지. 막무가내로 당신의 도끼를 도로 달라고 하셨네. 지금 그 도끼가 내게 있을 리 만무하였지. 어쩔 수 없어 새 도끼를 사

50

시라고 사만 원을 드렸다네. 가신 후 생각해 보니 택시비는
못 드렸는데 어찌 가셨는지 모르겠네.

023

어제 핀 듯한 꽃이 오늘 졌다네. 모가지가 꺾인 채 웃는 얼굴 그대로 시간도 거기에 멈췄다네. 나도 웃어 주어야 하나 망설이다 경건한 합장을 올렸다네. 우리는 자꾸 잊지. 이렇게 피었다 지건만, 필 때는 누구나 영원할 줄 아네. 그러다 바람 앞에 하늘거리다 힘없이 떨어지는 존재였음을 확인하게 된다네. 캄캄한 삶을 넘어 싫으나 좋으나 우리는 모두 저 언덕에서 만나야 하네. 그때, 향기로웠던 기억이면 나는 족하겠네.

024

만남이라는 것은 어쩌면 우리에게 완벽한 필연이었네. 우
연한 만남이라고 여기는 것조차 모든 인연의 총화總和였네.
또한, 만남은 나에게 닥친 하나의 거대하고도 완벽한 태풍
이었네. 그 태풍을 맞이하기까지 온갖 태풍의 원인들이 간
과될 뿐이었네. 우리는 일체의 온갖 필연의 씨앗들을 만들
면서 우연 같은 만남의 지점에 도달하였네. 일파만파의 필
연의 씨 가운데 하나로 발아되어 만났다네. 그러니 사람과
사람의 만남은 전 우주가 우연이라는 이름을 빌려 준비한
필연의 특별한 선물 같은 것이었네. 그대가 그대라는 이름
으로 내게 와 준 것도 이런 이치였다네.

025

내 아는 스님이 병원에 입원을 했었네. 무릎 수술을 받았다네. 무릎 안쪽 연골이 많이 찢어졌다는군. 그 스님은 출가한 뒤 사 년의 승가대학 과정을 마치고, 십 년을 선방에서 지냈네. 천 일 동안 하루 천 배씩 절 수행도 몇 차례 했다네. 지금은 시골에 자그마한 토굴을 짓고 여린 몸으로 농사를 지으며 살고 있네. 좀 더 정확히 말하면 법당 불사를 위한 세 번째 천일기도를 하며 수행하고 있다네. 이사 온 지 얼마 안 돼 신도가 없어서 내가 가끔 들러 밭일을 도와주기는 하지만 내 일처럼 해 주지는 못해 미안하다네. 그 스님은 아마 절을 너무 많이 해서 병이 났던 게 아닐까 싶네. 농사에 서툴러 얼마 전에는 톱질을 하다가 손가락이 톱날에 찍혀 결국 손가락 수술까지 받았지 뭔가.

어떤 이들이 말하더군. 기도만 하면 모든 일이 잘 풀리고 좋은 일만 생긴다고 말일세. 그런 바람들이 아마 기도를 하게 만드는 힘이 될 걸세. 그러나 우리가 이미 아는 바와 같이 기도하면 좋은 일들이 생긴다는 말은 선한 발원을 세우게 만드는 방편설 아니겠는가. 의사가 병을 다 고치면 죽는 이가 어디 있겠으며, 사람마다 선비가 되면 농사는 누가 짓겠는가. 우리 할매가 늘 하던 말이네. 기도마다 다 이루어지면 자신의 노력이 오히려 헛된 노릇이 되지 않겠는가. 어쩌면 말일세. 그러고 보니 삶의 어려움들이 사람을 간절하게 하는 것 같네. 기도하면서 어려움이 닥치고 숱한 번뇌도 생기는 일이 원력을 더욱 간절하게 만들고 정진하게 만드는 스승이기도 하였네. 그 스님은 이만하길 다행이라

고 웃었거든. 그런 면에서는 세상에 고맙지 않은 괴로움은
하나도 없었네.

026

산에 새 울고 바다에 파도치듯 번뇌 역시 수시로 울고 수시로 일렁였네. 번뇌가 어디 팔만사천 번뇌만 있겠는가. 그래도 번뇌를 일으키는 외부적 현상에서 떠날 수 있다면 내면의 번뇌에서도 한결 벗어나기 쉬운 것 아니겠나 싶었네. 사람들이 그 번뇌를 일으키는 현상을 쉽게 떠나지 못하는 건이리저리 얽매인 게 많아서일 테지. 말이 쉽지, 번뇌를 일으키는 현상을 떠나는 일도 나름 쉬운 결정만은 아니네. 현실 자체를 사라지게 할 수는 없는 노릇 아니겠는가. 그래서우리에겐 번뇌에 대한 좀 더 고차원적인 대처가 필요하였네. 현상에 부딪혀서도 번뇌를 일으키지 않아야 수승하다고 할 테니 말이네. 사실 번뇌를 만들어 내는 현상이 있다면 그 현상에 동요하고 동요하지 않는 건 오로지 내 마음이었네. 이미 다들 알고 있는 말을 새삼 또 하게 되었네. 그래도 거듭거듭 생각한들 자타가 늘 평안하기를 바라는 마음은 거기에 기초를 둘 수밖에 없었네.

027

쌍계사에서 소임을 볼 때, 공양주 보살님 네 분 중 세 분이
일흔이 넘은 연세였고, 그중 한 분만 육십 대였네. 모여서
아침 공양을 하시기에 다가가 살펴보니 반찬이 부실하였네.

"우리 아가씨들, 먹는 게 이리 부실해서야 시집이나 가겠
어요? 잘 드셔야 살도 포동포동 찌고 시집도 보낼 낀데요."

"시님, 데려갈 사람 다 있어요. 걱정 마셔요."

"그래요? 누군지 좋겠다. 요렇게 예쁜 아가씨들 델꼬 가
면 얼마나 깨가 쏟아질꼬?"

"시님, 그런데 아직 나이가 어리다고 더 나이 들면 데리고
간다고 기둘리라네요."

그때서야 알았다네. 훗날, 우리 아가씨들 데리고 갈 신랑을. 웃음 뒤의 한없는 쓸쓸함을. 죽음을.

2부

부디, 모진 말은 하지 마세나

028

누군가 나로 인해 행복하다면 잘 살고 있는 거라고 생각하
였네. 그 행복한 사람이 곁에 있는 사람을 행복하게 할 터
이고, 그 곁에 있던 사람은 또 다른 사람을 분명 행복하게
하실 테니 말일세.

029

남을 사랑하려면 스스로를 먼저 사랑하지 않을 도리가 없는 건 다 아는 말이네. 남을 향한 선한 마음이 자신을 먼저 변화시키기 때문이었네.

030

천만다행인 날을 만났다네. 잠시 운전할 일이 있어 포교당을 나와 차를 빼려는데, 개인택시가 막고 주차해 있었다네. 정중하게 차 좀 빼 달랬더니, "왜 거기다 주차를 했느냐"고 면박이었네. 내가 사는 건물이니 당연히 주차 권리는 내게 있었지만 운전기사 얼굴을 보는 순간 전생에 내가 이유 없이 면박을 줬던 사람이었네. 머리를 조아리고 미안하다고 하니, 투덜거리며 택시를 빼 주었네. 만약 맞장구를 쳐서 같이 잘잘못을 따졌더라면 악연이 내생에까지 이어질 뻔했지 뭔가. 이렇게 악연 하나가 풀렸다네. 다행 중 천만다행이었네.

031

사람들은 자기라는 존재를 찾고 싶어 하네. 온갖 방법으로 수행을 거듭하기도 한다네. 그래서 참나를 찾고 깨달아 아라한이 되든지 부처가 되려는 게지. 그러나 불교에 대한 지식이 있다는 것과 부처나 보살의 삶을 산다는 것은 차이가 있네. 깨달음이 무엇인지 모르고 무작정 깨달으려는 사람, 수행이 뭔지 모르고 온갖 수행을 거듭하는 사람, 부처나 보살이 된다는 것이 어떤 삶인지 모르고 성불을 말하는 사람, 번뇌가 뭔지도 모르고 해탈을 말하는 사람들이 있네. 방향 없이 무조건 걸어가면 서울이 나오겠는가 말일세.

032

배가 살살 아파 삽 들고 뽕나무 아래로 갔다네. 한 번씩 가는 나만의 화장실이었네. 뽕나무 아래 고의춤을 풀고 앉았으려니 대나무밭에서 대나무가 "댓기놈!" 하는 듯했네. 죽순이 땅을 뚫고 뾰족하게 머리를 내미는 중이었네. 나는 눈치를 보았네. 하늘을 유유히 나는 새의 눈치도 보고, 절 밑에 할매가 놓아먹이는 닭의 눈치도 보았네. 뽕나무도 옛날 방귀 낀 동화가 생각나 눈치를 보는 중이었네.

일을 마친 후, 땅에 거름을 준 대가로 까만 뽕나무 열매 몇 개를 따서 먹어 보았네. 역시나 달고 맛있었다네. 할 일 다하고 얻은 달콤한 열매 같기만 하였네. 회향을 마친 삶의 마지막 날도 이렇게 달콤하겠구나 하였다네.

033

눈물 마를 날 없는 세상, 그대라도 미소 지어 주지 않았다면 어찌 살 뻔했겠어. 지금 창밖에는 거미줄이 쳐져 있고, 꿀벌 한 마리가 걸렸다 한참 동안의 몸부림 끝에 다행히 스스로 탈출했다네. 이 고뇌의 세상에서 사람도 미혹에 걸려든 이가 있고, 걸렸다가 다행히 벗어난 이도 있을 것이네. 벗어났다고 한들 좋아할 만한 일도 아니네. 사실, 일체의 희로애락喜怒哀樂의 삶살이는 가엽기 그지없는 노릇이기 때문이었네. 거기에 일생을 뺏긴 채 늙고 병들고 죽지 않았던가 말일세. 무엇 하나 건지지 못하는 것 아니하던가 말일세. 다만 풀지 못한 숙제 하나 있다면, 나를 어떻게 저 탐욕의 그물 같은 세상에 온전히 던져야 모든 이들이 평안을 얻게 되는 것일까.

034

정신이 육체를 이끌어 간다는 말은 포장만 잘된 선물과 같
네. 본원을 따진다면 육체에 정신이 깃들고, 육체가 정신을
키운 측면이 더 많았네. 다만 정신이 육체를 도약시키는 원
동력이 되기도 했겠지. 육체는 안정과 편안함을 추구하지만
정신은 파도와 같아서 잠시도 고요함에 머물러 있지 못하였
네. 그러고 보면 수행이라는 것은 한사코 고요히 머물지 못
하는 이 정신이라는 미친 코끼리를 조련하는 일이었네. 그
런데 그 조련사는 무엇일까. 생각이 생각을 다스린다면 그
다스리는 주체는 또 무엇으로 다스리는 것일까.

한 가지 간과해서는 안 될 게 우리가 살고 있는 이 색계^{色} ^{界}는 물질적 세계이기에 현상이 생기면 정신보다 몸이 먼저 반응한다는 사실이었네. 그러니 정신으로 정신을 다스리지 못하는 게 자명한 일이었네. 사실 정신은 그 정신이라는 것을 다만 관찰하는 주체에 불과하였네. 관찰할 수 있을 때 변화되는 것이었으니 말이네. 다시 말하면 몸으로 정신을 다스리고 정신으로 몸을 다스린다는 말이 좀 더 명확한 표현이 아닌가 싶네. 그러니, 사람이 사람을 사랑하는 일도 몸으로 희생하고 더불어 정신으로 존중하는 것 아니겠는가 싶네.

035

사람의 착한 마음이 파괴되는 지름길이 하나 있었네. '남들도 다 그렇게 사는데, 뭐 어떠냐'는 생각이었네. 내 엄격한 기준을 남에게 강요할 수는 없지만, 자신을 변명하기 위해 남의 잘못을 빌려 와 자신에게 적용시키는 그런 짓은 하지 않으려네. "너는 얼마나 잘 사느냐"고 하는, 남의 허물로써 자신의 잘못을 물타기 하는 그런 짓도 하지 않으려네. 내 부끄러움을 내가 알지 못하는 것처럼 정말 부끄러운 일은 세상에 다시없을 테니 말이네.

036

손오공이 아무리 뛰어난 재주를 지닌들 부처님 손바닥을 벗어나지 못했는데, 세 손바닥이면 우주를 세 번 담고도 남겠다고 생각했다네. 새벽에 문득 내 잠자리를 보고 알았네. 화장실 변기에 앉아 곰곰이 생각하며 확인도 했네. 사람이 몸뚱이 벗어나 어디에 누울 수 있을까 하였다네.

사람 어깨가 넓어도 세 뼘 넓이를 넘기 힘들고, 엉덩이 골반이 넓어도 세 뼘 넘기가 힘들거늘, 되돌아가 누울 자리, 내 작은 몸뚱이였네. 이것 하나면 지붕도 되고, 이불이 되기에도 이미 넉넉하지 아니한가.

037

서울에서 찾아온 도반과 밤늦도록 살아가는 얘기를 나눴네.
이런저런 얘기가 많았지만, 둘 다 격하게 공감한 말은 너무
나 단순하였네. 단순해서 명확하고, 이론의 여지도 없었네.
제발 사람이 사람다운 마음으로 살았으면 좋겠다는 것이었
네. 제발 착하게 살았으면 좋겠다는 것이었네.

참 고마운 일이었네. 이렇게 단순한 것이 이토록 많은 삶
의 절대 기준이라는 것은 눈물 나는 일이었네. 착하게 사
는 것 하나에 일체의 진리가 고스란히 갈마들어 있었다네.

038

약속이 있어 인사동에 갔다가 밤늦게 길에서 아이스깨끼를
사 먹었네. 하나에 천 원이라고 했네. 아이스깨끼를 사 먹
으며 복 많이 받으라고 인사를 했네. 아이스깨끼 파는 총각
이 그랬네. 자기 이름이 '복만'이라고. 한참을 같이 웃었다
네. 그리고 이유도 모를 눈물이 났네. 왜 그런지 자꾸 목이
메었네. 제발 복 많이 받았으면 좋겠다는 기도가 간절하였
네. 지금의 고생이 언젠가 옛말로 남으리라 굳게 믿었다네.
믿음이 특별히 필요한 때도 있었네.

039

자신의 지난 삶이 잘못된 길이라고 믿고 싶지 않은 건 어쩌면 자연스러운 일이네. 누구나 자신의 지난 삶은 최선의 길이었노라고, 스스로 위로하며 믿고 싶기 때문이라네. 진실보다는 믿고 싶은 것만 믿으려는 심리 때문이기도 하네. 그래서 어떤 진실로 인해 자신의 삶이 부정될 때, 목숨을 내놓더라도 그 진실을 부인하게 된다네. 그러고 보면, 사람들은 진실을 필요로 하는 게 아니라 자신을 위로할 어떤 이유가 필요할지도 모르네. 그래서 진실이란 게 과연 있는 것이냐고 힐문을 하곤 하네. 사람이란 존재가 몹시 불쌍할 수밖에 없는 많은 이유 가운데 하나였네.

040

지혜라는 게 없던 걸 찾거나 갑자기 얻는 게 아님을 우리는
이미 알고 있네. 어리석음도 지혜의 작용이었네. 근본적으
로는 지혜도 없고, 얻을 것도 없는 무지역무득無智亦無得이었
네. 그런데 사람의 양심이나 염치라는 게 스스로를 살피지
않으면 더욱 미혹되고 어두워진다는 것은 부인할 수가 없
고 왜 그런 짓을 하는지 도무지 이해해 줄 수 없는 일들이
요즘 우리 주위에 일어나기도 하네. 그런 의미에서 수행이
라는 말이 왜 '닦는다'고 해석되는지 조금 알 것 같네. 그런
것을 보고 있자니 눈에 진물이 나려 하는데, 그것도 어쩌겠
나. 그냥 나를 살피는 공부로 여길 따름이라네.

041

섭섭한 일이 생겼다는 것은 뭔가 용납되지 못한 게 있다는
것이었네. 용납되지 못했다는 것은 내가 그에게, 또는 그가
나에게 포용되지 못했다는 것이었네. 이런 일은 사실 참 부
끄러운 일이네. 내가 오죽 작고 못났으면 상대가 내게 들지
못한 것인가 말일세. 그건 상대의 잘못이 아니라, 그를 포용
할 만한 내 그릇의 크기가 안 된다는 것 아닐까 반성을 하네.
상대가 나를 못마땅하게 여기는 것은 사실 전혀 문제될 게
없었네. 내가 그를 포용했느냐 그렇지 못했느냐가 중요한

문제였네. 포용의 주체를 상대로 여길 때 내게 섭섭한 마음
도 생기고 원망도 일어나는 것이었네. 살면서 포용의 주체
가 내가 되고, 내가 주인공일 때 걸림이 없을 것이었네. 사
람의 그릇이란 원래 한정이 없었을 터이기 때문이었네. 다
만, 스스로를 한정 지어 섭섭함을 만들었을 뿐이었네. 자, 이
제 내게 들어오시게나. 나도 벗에게 기꺼이 들어가야겠네.

042

백삼십팔억 년 전에 태어난 우주는 모든 조건이 균등했다 더군. 그러다 수천 분의 일이라는 온도 차이를 보이는 것들이 발생했는데, 아주 조금 뜨거운 그것들이 중력에 의해 모이고 모여 별이 되었다고 하네. 그런데 나는 백삼십팔억 년이 얼마의 시간인 줄 잘 모르겠네. 수천 분의 일이라는 개념도 뭔지 잘 모르겠네. 그런데 뜨거워진 것들끼리 모였다는 건 알겠네. 그 모인 것들이 별이 되었다는 것도 알겠네.

사람의 기본 체온은 모두 같지만 남의 아픔을 보면 못내 뜨거운 눈물을 흘리는 이가 있네. 남의 행복을 보면 가슴이 뜨거워지는 이가 있네. 그렇게 조금이나마 더 뜨겁게 인생을 산 사람들은 캄캄한 밤을 지나 아침 해가 떠도 우리의 가슴에 영영 빛나는 별이 되더군.

043

하나의 돌이 잔잔한 호수에 떨어져 파문이 일기 시작하면
호수 수면이 다 그 파문에 흔들린다네. 우리는 얼마나 자주
그 잔잔한 호수에 겁도 없이 함부로 돌을 던지며 살았던가.
한 사람을 만나고 또는 한 가지 현상을 만나는 일은 하나의
거대한 호수에 파문을 일으키는 일이었네. 그 관계 속에서
수많은 갈등과 사랑까지도 끊임없이 파문을 일으키는 돌팔
매질이었네. 거듭되는 인과를 만들며 사는 우리네 삶을 어찌
해 볼 도리는 사실 없네. 그러나 그 어쩔 수 없는 까닭으로 살
기에 오히려 선한 인과를 더욱 외면할 수 없는 노릇이었네.

인과는 이렇듯 이곳 고도 절벽에서 저곳 고도 절벽으로 이어진 외줄 위로 걸어가는 일이었네. 그래서 한 생각 놓쳐 천길만길 낭떠러지에 떨어지는 상황이 얼마나 많았던가. 그 낭떠러지에 떨어지는 현상은 다시 인因이 되고 연이어 과果가 되는 윤회의 연속이었네.

044

부디, 모진 말은 하지 마세나. 말이 거칠어지면서 생각이 자꾸 거칠어졌네. 생각이 그러하면 삶이 평안하지 못하다네.

부디, 모진 말은 하지 마세나. 생활이 어려워도 마음이 극락일 수 있는 것은 고운 말씀으로 사는 까닭이었네.

입 닫고 말하지 아니함이 잘 하는 것이 아니라, 미소에다 고운 말씀 하는 것이 잘 하는 것이니 부디, 뉘게라도 모진 말일랑 하지 마세나.

045

여름날 딱새가 비닐하우스 법당 앞 소나무 가지에 집을 지었다네. 들락날락거리는 걸 보니 곧 알을 낳을 품새였네. 내가 사는 곳이 처마라도 있었으면 좋았을 텐데, 미안하였네. 새가 알을 낳고, 알이 부화되면 딱새 엄마가 어린 아기 새들에게 일러 줄 테지.

"위험한 곳에 날아다니지 말고, 나쁜 새들과 친구하지 말거라. 착한 생각을 하고, 친구들과 사이좋게 지내거라. 먹을게 있으면 사이좋게 나눠 먹거라."

사람들이 아기 엄마의 마음으로 살면, 세상이 어떻게 변할까 잠시 생각해 보았네. 기분 좋은 꿈이 아니겠는가.

046

모기 물린 발바닥이 며칠째 몹시 가려웠네. 모기를 몇 놈 때려죽인 탓으로 미안할 따름이었네. 모기에 의해 한 해에 죽는 사람의 숫자가 칠십이만 명에 이른다고 하네. 모기 연구로 노벨상을 받은 사람이 다섯 명이고, 모기가 사람을 죽이는 숫자가 사람이 사람을 죽이는 숫자보다 많다고 하네. 사람이 사람을 죽이는 숫자보다 많다? 참 놀라운 수치가 아닐 수 없네.

그런데, 사람이 사람을? 아니, 이럴 수가!

047

응물應物이라는 말이 새삼스레 다가왔네. 일체 현상을 마주할 때 평등심을 간직한 채 자신을 관조한다는 말일 테지. 자신을 관조한다는 것 그 자체가 순간순간 평등심을 잃지 않는 것이기도 하였네. 그런데 난 아직 멀었나 보네. 내 한계가 어찌 이리도 얕은가 모르겠네. 내 중생심이 참으로 한탄스러울 때가 많네. 한 가지 앎이 내 삶의 변함없는 실천으로 옮겨지기까지 얼마나 많은 시행착오와 잘못을 거쳐야 비로소 몸과 입과 뜻에 온전히 스며들고 또한 덕스러움으로 나타나는 것인가 말일세.

048

세상에 다시없을 어리숙한 사람이면 좋겠네. 하도 바보 같아서 놀려 먹는 재미도 별로 없는 그런 사람이면 더 이상 바랄 것도 없겠네. 누군가 작정을 하고 내게 시비를 걸며, 일방적인 공격을 가하여 아파서 엉엉 울며 다닐지라도 반격조차 할 줄 모르는 그런 사람이면 정말 좋겠네. 그러고 보면 나는 정말 똑똑한 척하며 산 것 같네. 아는 것도 없으면서 아는 척, 능력도 없으면서 능력이 있는 척, 잘난 것도 없으면서 잘난 척, 가진 것도 없으면서 가진 척하며 살았네. 그런 것들이 다 비교 우위를 점하려는 허위 때문이었네. 누군가와 비교해서 내가 좀 더 나은 사람인 것처럼 꾸미고 싶어서 그런 것이었네. 함께 있으면 차라리 비교할 가치도 없어서 그 존재를 그냥 인정해 줄 수밖에 없는 그런 어리숙한 사람이면, 더 바랄 것도 없이 나는 정말 좋겠네.

049

살아가는 모든 일이 생각대로 술술 잘 풀리면 얼마나 좋을까만, 늘 장애라는 게 따랐네. 누군가를 원망하고 싶을 때도 있었네. 그래도 그럴 수 없는 것이 가만히 생각해 보면 내 잘못이 대부분이었네. 내가 그곳에 간 죄이고, 내가 그렇게 어우러진 죄였네. 다 내가 지난날 지었고, 되갚아야 할 업보였다네.

그래서 어려움이 닥치면 생각한다네. 내가 전생에 복덕을 못 지었으니 감사한 마음으로 받아들여야지 말하곤 한다네. 부처도 못 피해 간다는 업인業因과 업과業果는 원래 그런 것이었네. 이 진실 앞에서 눈물 나지 않는가? 나는 가끔 고마워서 눈물이 난다네.

050

'희망을 뽑아 버리려고'라는 경구가 있다네. 『화엄경』 여래 명호품에 나오는 말이라네. 희망은 소망하는 바를 이르는 말이네. 뭔가 이루어지기를 바라는 마음이자 욕심과는 달리 긍정적인 뉘앙스가 강한 단어네. 그 희망 때문에 절망을 딛고 일어나며, 살 만한 힘이 되네. 그런데 왜 『화엄경』에서는 허다한 단어를 두고 희망을 뽑아 버린다고 했을까. 여전히 의문이었네. 우리에게 희망을 뽑아 버리고 나면 과연 무엇이 남을까. 어쩌면 유일하게 하나 남는 게 있기는 하였네. 『화엄경』에서는 그걸 말하고 싶었을지도 모르지. 희망을 뽑아 버리면 남는 것!

오로지 할 뿐인 것.

무엇을 바라고 하는 게 아니라 그냥 하는 것 자체에서 행복을 찾는 것.

그냥 삶 자체가 행복이 되는 것.

051

받아들일 건 잘 받아들이는 게 울고불고 매달리는 것보다 훨씬 나았네. 다만, 집착함 없이 정성을 들이는 건 내 몫이었네. 그게 세상에 대한 겸양일 것이라 여기네. 미움도 사랑도 잘 받아들이는 게 세상을 평안하게 하는 삶일 터이니 말일세.

　근래 들어 새벽에 일어나 제일 먼저 하는 행사가 차를 우리는 일이라네. 물을 끓이고, 공양받은 묘덕차를 우려 첫 잔을 들고 밖으로 나간다네. 도량 내외 호법선신들께 차 공양을 올리기 위해서라네. 시골에 들어와 불사의 원은 세웠지만 그 진행에 장애가 생겨 풀기 위해서라네. 합장을 하고 차 공양을 올린 뒤 홀로 앉아 차를 마시노라면 장애는 어느새 다 잊혀지고 세상은 이미 평안하였네.

052

그대는 착하지 못할까 걱정하였지. 이름 모를 골짜기에 누워 생을 마감한대도 아, 나도 내 눈물을 걱정하는 건 아니라네. 때론 없는 산문을 걸어 잠그고 들어앉아 있고 싶을 때도 있네. 말도 없고, 눈도 없고, 귀도 없는 것들은 다 안으로 걸어 잠그고 칩거 중이었네. 그래도 산을 이루고 산을 산답게 만들었네.

요즘 들어 자주 사람의 본성을 의심한다네. 사람의 본성은 선한 것인가, 악한 것인가. 선도 악도 버리라는 그런 말은 이제 그만두세나. 나는 그런 말들이 깨달음이 아니라, 문제를 회피하는 방법처럼 느껴지기도 한다네. 모든 생명에게는 불성이 있다는 말도, 본래 깨달은 존재라는 본각本覺

사상도, 여래장 사상도 그만두세나. 그것도 인도의 브라만 사상을 받아들인 것 아닌가 말일세. 하긴, 이런 말과 생각들을 떼 버리고 나면 남을 것이 무엇이겠는가. 그래서 믿고 싶었던 것이지. 사람은 본래 착한 존재라고 말이네. 그렇지 않으면 이 캄캄한 세상을 어찌 건너가겠는가.

　내가 말하는 것은 불가항력적 현실에 대한 얘기네. 살아가고 죽는 얘기네. 아침을 먹고, 대소변을 보고, 잠을 자는 얘기네. 덥고 추운 얘기네. 그렇다고 이런 말에 대한 답을 원하는 건 아니네. 답이 명약하다면 아마 더 암울했을 것이네. 그렇다고 이런 생각을 허투루 흘려보내지는 마세나. 그 쓸데없는 아픔을 침묵으로 용인하세나. 가련하고 불쌍하여 사랑할 수밖에 없는 존재들을 용인하세나.

053

대나무도 어디에 뿌리를 내렸는지에 따라 곧게 자라고, 때로는 휘면서 자란다네. 그렇다고 휘면서 자란 대나무를 대나무가 아니라고 하지 못하듯이 타인을 그리 고까운 시선으로 보지는 말아야겠네. 그도 소중한 존재일 따름 아니겠나. 중생이 어디 따로 있어 부처가 제도한다고 했겠는가. 그러고 보면 일평생을 중생 제도한다고 살았던 부처의 삶이 또한 헛꿈이었네. 중생이 없으니 부처도 없어 일평생 자성중생自性衆生 안고 산 게지 뭔가.

054

사람들은 늘 기도를 하네. 종교와 피부색과 나라의 구분은 있어도 자신의 소망이 이루어지기를 바라는 마음은 구분이 없네. 그런데 기도가 자력이 아닌 타력에 절대적으로 의지하는 것이라면 나는 그런 기도를 하지 않으려네. 석가모니의 깨달음을 한마디로 설명한다면, '이것이 있으므로 저것이 있고, 이것이 사라지므로 저것도 사라진다'는 연기법緣起法이 아니겠는가. 그래서 지옥도 자신이 만들고 극락도 자신이 만든다는 가르침이 같은 맥락 아니겠는가. 그리하여 내 기도는 선한 씨앗을 심는 간절한 소망이라네.

055

사람은 사람에 대한 갈증으로 사랑도 하고 미워도 하였네. 나는 누군가로 채워져야 비로소 완전한 사람이 되었네. 그렇다면, 나는 누군가에게 어떤 모습으로 채워지는 것일까? 어쩌면 채워도 채워도 채워지지 않는 게 사람이 사람으로 채우는 것일 수도 있었네. 그렇다 할지라도 나는 누군가에게 더 이상 목마름 없는 샘물이었으면 좋겠네.

056

사람이란 존재가 정말 미워져서 억지로 살아야겠다는 생각이 들 때가 있었네. 사람이란 존재가 정말 가여워서 못내 살아야겠다고 여길 때도 있었네. 사람이라는 존재가 진정 사랑스러워서 살기를 잘 했다고 위로를 받을 때도 있었네.

그 사람 없었으면 나도 없었구나 싶네.

057

거제도 공고지 바닷가 파도 앞에는 자판기가 있다네. 이십 년 전에 없던 것이 새로 생긴 게지. 일명 머릿돌 해수욕장으로 불리던 곳이라네. 방부목으로 만든 둘레길을 두고 작은 산길을 따라 옛길로 공고지에 도착하였네. 거기에 자판기가 있었고, 파도 소리도 동전 몇 개 넣고 빼 갈 수 있다면 정말 좋겠다는 생각을 했었네.

한때 공고지는 거제도 토박이 몇몇만이 아는 비밀의 장소였네. 이곳에 오려면 오솔길을 걸어서 된산을 넘어야 하는데, 고갯마루에서 해안까지 가파른 계단이 이어져 있다네. 계단 양옆으로 아름드리 동백나무가 틈새도 없이 도열해 있어 이른 봄이면 동백꽃 터널을 이루는 곳이지. 그 동백나무 터널을 지나 서역의 정토 어느 바닷가와 같은 해안에 닿을 수 있다는 건 지금도 행운처럼 느껴진다네.

이십 년 전에는 해안에서 입 안에서 오들거리는 해당화 씨방을 따서 까먹을 수도 있었네. 지금의 자판기 자리가 해당화가 피던 자리라네. 해안에는 지난날 서넛 농가가 살았었는데, 돌짝밭은 제법 널찍하고 밤에는 농부가 어부 되어 손바닥만 한 목선을 이용해 농어나 메가리를 낚았다네.

나는 사람 없는 늦여름 뜨거운 바닷가에서 발가벗고 해수욕을 했다네. 오랫동안 꿈속에서나 그리던 행동이었으니 창피해하거나 혹시 누가 볼까 염려할 겨를이 없었네. 다행

히 내가 해수욕을 즐기는 동안 아무도 오지 않았지. 바닷물
은 쪽빛으로 그지없이 맑았고, 바닷속은 해안의 머릿돌과
달리 고운 은모래가 주단처럼 깔려 있었네. 바닷물은 예나
지금이나 변함이 없건만 내 사는 일만 자꾸 변하였지 뭔가.
나는 바닷물이 몸에 밸 정도로 족한 해수욕을 마치고 나무
그늘에 앉아 사는 일을 잠시 생각했네. 고루한 생각도 부끄
럽진 않았네. 인간사 꾸밈이라는 게 그저 초라한 허위와 다
름없었으니 말이네.

3부

열매 하나 맺는 건 우주를 여는 일이었네

척박한 자갈땅에 개똥참외 하나가 열렸다네. 열매 하나 맺는 건 우주를 여는 일이었네. 처음 싹이 났을 때 가여워서 물을 주었더니, 은혜처럼 꽃이 피고 하나의 우주를 이뤘다네. 그 개똥참외 속에 또 다른 우주가 담겼을 것은 칼로 베지 않아도 충분히 알 수 있는 일이었네.

059

베푸는 일은 곧 내 자신을 돕는 길이라고 믿는 사람이 있네. 베푸는 일은 결국 내 남은 것도 뺏기는 일이 될 것이라고 믿는 사람도 있네. 한 사람은 행복한 사람이고, 한 사람은 불행한 사람일 것이었네.

060

너무나 당연한 것이 너무나 당연해 줘서 눈물이 날 때가 있
네. 참 고맙기 그지없다고 여기는 것은 너무나 당연해야 할
일들이 너무 당연하지 못한 상황으로 치닫는 걸 많이 봐서
그럴 테지. 자연이야 늘 감동을 선사하네. 풀벌레가 울고,
때론 비바람에 나뭇잎이 정처 없이 흩날리네. 맑은 계곡의
송사리 떼, 색색으로 핀 꽃에 날아드는 나비와 벌들, 가을
의 높고 푸른 하늘, 그리고 새들의 지저귐까지 가만히 보면

어느 것 하나 낱낱이 눈물겹지 않은 게 없었네. 그러고 보면 어찌하여 사람만 유독스러운 일이 많은지 도무지 모르겠네. 사랑하기에도 아까운 삶을 두고 가슴이 아프네. 그래서 바라보면 눈물 나도록 아름다운 사람들 틈에만 끼었으면 좋겠다는 욕심도 생기네. 그러려면 내가 먼저 아름다운 사람이어야 하겠지. 그래야 한생을 더불어 곱게 살 수 있을 테니 말일세.

061

꿈과 상상력을 잃어버리면 믿던 것들도 사라져 버리네. 고
갯마루 장승도깨비도 빗자루도깨비도 상상력으로 태어났
다네. 도깨비방망이는 요즘에 이르러 로또가 대신 자리를
차지했네. 로또는 착하게 사는 사람하고는 아무런 관계도
없었고, 욕심의 혹을 떼어 줄 정겨운 친구도 아니었네. 도
깨비는 도시에 더 이상 없는 듯하였네. 서로 헐뜯고 속이
며 싸우는 것은 사람들이 꿈과 상상력을 잃어버린 탓이 아
닐까 생각하였네.

그래도 우리에겐 흥부의 박이 아직 남았다네. 뭐가 나올지는 모르지만, 착한 상상을 하라고 하네. 박은 착한 꿈으로 타는 것이거든. 그래야 박도 쪽박이 아닌 복바가지가 될 테니까 말일세.

062

사는 일에 갈피를 잃어버리는 계절이 있네. 잃어버리지 못
하면 또한 다음 페이지로 넘어가지 못하는 그 갈래 사이에
우리는 있네. 가을 국화 옆에 앉았다 가는 마음으로 사람
사람을 눈에 담아 가세. 그리고 사랑을 잃어도 산이 무너지
는 슬픔은 안으로 거두어들이세. 그도 나를 잃어야만 사는
것이었네. 사는 일은 잃는 가운데 비로소 사는 줄 아네. 사
랑인 줄도 아네. 아파야 비로소 아픔도 벗어나네. 그래서 아
픔을 아는 것은 사랑을 아는 것보다 소중하였네. 사람마다
아픔이었던 것은 사랑이 전제인 까닭이었네. 나는 잃어버
리는 아픔이 산천에 물드는 계절로 좀 더 깊이 들어가려네.

063

쌍계사 다비장茶毘場 언덕에 붉디붉은 꽃무릇이 무리 지어 핀다네. 작년 가을에 피던 꽃무릇이 올해도 피었네. 아마 내년에도 필 테지. 그러나 지금의 꽃무릇이 작년의 그 꽃무릇이 아니듯, 내년에 필 꽃무릇도 지금의 꽃무릇이 아닐 것이네. 하긴 꽃무릇뿐일까. 어제의 내가 오늘의 내가 아니고, 내일의 나도 지금의 내가 아닐 것이었네. 찰나 찰나의 이치마저 다를 리 없었네. 지난 것은 되돌리지 못하고, 오는 것도 어쩌지 못하기에 사는 동안 사랑할 일만 또 남는군그려.

064

속이 뚫릴 법한 일은 일어나지 않을 태세였네. 잔뜩 찌푸린
날씨 탓인가 하였네. 창문을 통해 바라보는 세상을 잠시 벗
어나 당산나무 아래 서 있고 싶었네. 당산나무 앞은 커브길
이네. 내가 사는 곳이 시골인지라 일 톤 트럭이 유난히 많이
다녔다네. 그중에 흰 트럭 한 대가 천천히 커브를 돌았는데,
트럭 안 조수석에 한 여인이 어린아이를 안고 있는 게 보였
네. 순간, 트럭 안이 환한 빛으로 충만해지면서 사내아이와
그 아이의 엄마가 틀림없을 여인이 또렷하게 내 눈 속으로
들어왔다네. 얼핏 봐도 '우리나라 여성은 아니다. 아마 동남
아 어느 나라에서 우리나라까지 시집을 온 새댁일 것이다'
라는 생각이 들었네. '어느 나라에서 왔을까?' 얼마 되지 않
는 동남아시아 나라 이름들이 퍼뜩 떠오르지 않았네. 그러

고 보면 나는 아는 게 참 많이 없구나 하였네.

조수석에 앉은 아직은 앳된 애기 엄마가 나를 물끄러미 바라보았다네. 무척 예쁜 여인이라는 생각이 들도록 차가 천천히 커브를 다 돌 때까지 나를 바라보았다네. 차가 멀어져 안 보일 때까지 왠지 무척 예쁘다는 생각이 머릿속에 계속 맴돌았다네. 그래서 혼자 입속에 굴리듯이 말을 중얼거렸네.

예쁘다.
무척 예쁘다.
정말 어여쁘다.
곱디곱다.

그렇게 혼잣말로 중얼거리는 순간 눈앞이 갑자기 밝아진 느낌이 들었다네. 예쁘다는 말을 되뇔수록 정말 눈이 더욱 밝아졌다네. 그러면서 예쁘다는 말이 내 눈을 밝게 하는구나 알게 되었다네. 뭐든 예쁘게 보는 사람들은 얼마나 눈이 밝을까 생각하였네.

065

어떤 이들은 내게 와서 고생한다고 위로하거나, 안타까운 미소를 주고 간다네. 난 그들의 생각처럼 고생하지도 않고 평안하게 잘 지낸다네. 고래 등 같은 기와집에 얹혀사느니 산골짜기 중으로 사는 게 나는 행복하다네. 텃밭이나 가꾸고 겨울이면 나무를 해다가 화목난로에 곱은 손을 녹이며 차나 한잔 마시면 족하다네. 가을에 누런덩이 호박을 따 놨다 겨울에 호박죽이라도 끓여 먹으면 세상에 부러울 것 하나 없다네. 밤이면 달도 무척 밝고 별도 아름답게 뜨거니와 여기서 뭘 더 바라겠어.

066

때론 자주 져야만 할 때가 있다네. 반드시 이겨야 할 때도 있지만 져야만 할 때가 더 많았네. 뻔히 알면서 져야 할 때와 피가 터지고 목숨을 잃어도 꼭 이겨야 할 그때를 아는 걸 일러 지혜라고 할 테지. 그리고 보면, 져야만 할 때 이겼던 일은 늘 후회로 되돌아왔었네.

067

'사타법捨墮法'이란 것이 있다네. 불교의 율장에 나오는 말이지. 사捨는 필요 이상의 옷이나 약, 좌구, 금전 등을 대중에게 내어 놓는다는 의미이고, 타墮는 그렇게 하지 않으면 불타는 지옥에 떨어진다는 의미가 있다네. 잘못된 마음을 참회해야 하는 법이라네.

초기불교 시대의 비구는 하루 먹을 공양을 빌어 하루 먹는 이들이었네. 특별한 경우를 제외하고 음식을 쌓아 두고 먹을 수 없었네. 이런 계율의 조문은 출가자에게 적용되는 것이지만, 내 것을 내 것으로 여기지 않는 마음을 지니는 것은 오늘날까지 큰 의미로 남는 것 아니겠는가.

068

타인에게 자신을 물어볼 일은 없었네. 얼마나 다행스러운가. 자신이 자신의 빛이었네. 자기의 깨달음은 자신이 증명하는 것이었네. 아직도 이리저리 헤매며 타인에게 자신을 물으러 다니는 이가 있고, 타인의 인가를 요하는 이가 있는 가운데 다행 중 다행 아닌가.

성경의 창세기에 빛이 있으라 하니 빛이 있었다지? 그 빛이 바로 자기의 증명일 것이었네. 그 신령한 존재자가 바로 자기 자신이었네. 그대는 그대의 창조주이며, 나는 나의 창조주였네. 그러니 어둠도 빛도 그대 자신이었고 바로 내자신이었네. 우리는 각자의 어둠과 빛을 창조하였고 창조하고 있었네.

069

선한 일 한 가지라도 평생 잘 실천하며 사는 이가 드무네. 그래서 많이 배우고 많이 알기만 하는 이를 불교에서는 성문聲聞이라고 낮춰 부르지 않던가. 대승大乘의 법에서 추구하는 바는 개인의 깨달음이 아니라 더불어 사는 희생과 봉사 아니겠는가. 이것을 일러 자비慈悲라고 우리는 믿네. 슬퍼하는 이와 함께 슬퍼하고, 기뻐하는 이와 함께 기뻐하는 마음이라고 믿네.

언제부턴가 우리 사회의 어떤 부류는 슬퍼하는 이에게 비난과 저주를 당연시하였네. 일부 젊은이의 비뚤어진 심성 탓이지만, 결국 자신의 이익만 생각하고 살았던 어른들의 잘못이 더욱 크네. 정치적 배타심이 더욱 한몫한 탓이기도 하네. 어떤 철없는 이들은 자식을 잃고 진상규명을 촉구하며 단식하는 이들 앞에 버젓이 음식을 쌓아 두고 폭식투쟁을 했다지? 사람이 어찌하면 슬픔에 빠진 이들과 함께 슬퍼하며 기쁜 일이 생긴 이들과 함께 즐거워해 주는 심성을 갖출 수 있는 것일까?

070

우리네 삶에 있어서 선악을 딱 부러지게 구분하기란 사실 어려운 일이네. 그래서 불교의 선문禪門에서는 선도 버리고 악도 버리라는 말을 하네. 선악을 버리라는 이 말은 엄밀한 의미에서 우리 삶의 선한 행위와 악한 행위를 구분하지 말라는 뜻은 아니었네. 사람이 선악을 구분하지 못한다면 마음 내키는 대로 함부로 행위를 짓게 되네. 그 함부로 짓는 행위는 자신과 자신을 둘러싼 일체를 괴로움에 빠뜨리는 결과를 초래하네. 그래서 '선악의 분별심을 떠나라'는 이 말은 일체를 향한 평등심을 말한 것이었네.

수행자들은 선한 행위와 악한 행위를 분명히 알고 선을 지향해야 할 의무와 책임이 있다고 생각하네. 그래야 누군가에게 선한 공양을 받을 자격이 생기는 것이겠지. 사람들은 자신의 이익에 부합되면 선하다고 여기고, 자신의 이익에 위배되면 악하다고 여기는 경우가 허다하였네. 자신의 양심이 이기심에 미혹되어 가지가지 잘못을 저지르고도 선한 양심의 법이 아닌 제삼자의 법에 선악의 구분을 맡기며 인면수심이 되어 가네. 그리하여 미혹된 생각에 따른 다가올 괴로움의 과보를 볼 줄 모른다네. 이 안타까움을 어찌해야 할까.

071

늘 조심하는 것 가운데 하나가 생각의 억압이었네. 내 생각을 타인에게 강요한다는 것, 그것만큼 어리석은 짓이 또 있을까 싶었네. 특히 종교의 가르침은 더욱 이 어리석은 강요에서 빨리 벗어나야만 하네. 고래로부터 종교는 사람의 생각을 억압하기 위해 협박을 일삼았네. 지옥을 말하고, 저주를 쏟아 내며, 귀신을 들먹였네. 그리고 한편으로는 달콤한 부와 명예와 편안함으로 맹신을 꾀었다네. 자신들을 추종하며, 복종하며, 섬기며, 무릎 꿇는 이에게 사탕을 물리듯이 말이네. 악의적인 종교적 가르침을 가장 잘 실현한 현상이 바로 정치가 아니겠는가. 백성을 힘으로 짓밟고, 공포를 조장하며, 죽이며, 가두며, 못살게 굴었다네. 물론 자신들을 추종하는 이들에게 달콤한 사탕을 주듯이 이익을 안 겨 주면서 말이네.

 나는 늘 두렵네. 아무리 좋은 가르침이라도 누가 그 가르침을 펼치느냐에 따라 꿀이 되기도 하고 독이 되기도 하기 때문이라네. 그러고 보면 가르친다는 것은 진정한 가르침이 아니었네. 꽃향기가 언제 강제로 사람을 끌어당겼던 가? 나는 나를 가르치며 나의 길을 갈 뿐이고, 그 향기가 미세하나마 허공에 흩날려 혹여나 그대에게도 가닿기를 바랄 뿐이었네.

072

달이 나무 밑동에 뜨기도 한다네. 나는 자주 인가도 없는 시
골 밤길을 두 마리 개를 데리고 포행을 가네. 밤에 처음 길
을 나설 때는 캄캄해서 앞이 안 보이네. 그래도 밤길을 처음
나설 때 부러 캄캄한 길을 발로 더듬으며 걷는다네. 처음에
는 휴대폰 후레쉬를 켜고 문을 나섰다가 끈 뒤 십 분쯤 지
나면 어느새 눈은 어둠에 적응이 되고, 시골의 밤길은 훤해
진다네. 누렇게 익은 벼가 보이고, 먼 데 산허리에 감긴 안
개도 보인다네. 멀리 산마루 나무 밑동 사이로 언뜻언뜻 비
치는 달빛도 보인다네. 개울물도 희미하게 보인다네. 전깃
불에 익숙하던 눈이 어둠에 익숙해지면 비로소 밤이 평안
해진다네. 온갖 풀벌레 소리도 더 선명해진다네. 그렇게 시
간이 지나면서 밤의 막연한 두려움도 완전히 사라진다네.

사람들은 언제나 몰라서 꺼리고 두려워하였네. 어둠이 눈을 가리니까 무서움도 생기는 것이었네. 뭐든 자세히 보면 알게 되고, 알게 되면 두려움도 사라졌다네. 진짜 어둠은 밤에 속한 게 아니라 어리석음에 속한 것이었네.

073

할 일은 물 흐르듯 자연스럽게 이어 가야겠네. 내 생각을 살펴보는 일이란 그 생각이란 것이 생겨났다 사라지게끔 내버려 두는 일이네. 나도 내게로부터 자유로울 권리를 줘야 하지 않겠는가. 나를 그냥 내버려 두는 게 뭔가를 하는 것보다 효과적인 대처가 되기도 하였네. 나를 내버려 둠으로써 외부의 온갖 인연들도 그냥 내버려 두게 된다네. 나를 내 생각으로 억압하기 시작하면서 밖의 온갖 것들로부터도 억압을 받았기 때문이었네. 무언가를 꼭 해야 된다는 생각을 굳이 낼 필요는 없었네.

074

사람이 제일 받아들이기 어려운 것 중에 하나가 죽음이 아닐까 생각하였네. 당장에 오늘 밤이나 내일 아침에 죽는다고 생각한다면 어떨까? 아마 부리나케 자신의 삶을 정리하겠지? 어쩌면 지금까지 해 보지 못했던 짓을 하고 싶을지도 모르네. 그런데 말이네. 나는 특별히 할 일도, 하고 싶은 일도 없기는 하였네. 그 누군가는 자식에게 남길 것을 챙기겠지만, 수행자라 자식도 없고 자식이 있은들 그의 운명은 알 수 없는 것 아니겠는가. 그냥 사람들이 미래에 대한 걱정이 지나치게 많은 것 같아 해 본 소리네. 그래서 아는 것과 체득하여 내면화시키는 것과는 천리만리 차이가 있는 것이었네. 그런데 말일세. 이건 만약이 아니네. 누구에게나 그날이 불현듯 닥친다는 것이었네. 이내 말일세.

075

도봉산역에서 전철을 기다리는 동안 남자의 눈을 응시하며
웃는 여인을 보았네. 그녀는 정말 여인다운 아름다운 여인이
었네. 사랑에 눈먼 여인에게는 온 우주가 한 남자만으로 가
득 채워져 있었다네. 나는 어여쁜 그녀를 멍하니 쳐다보다
내 우주도 함께 살펴보았는데, 그냥 부끄러움만 가득하였네.

076

하루에 평균 마흔여섯 명이 자살하는 나라에 살면서 나는 내게 잊어버릴까봐 다시 묻는다네.

깨달음이 왜 필요한가?

이 시대에는 깨달음보다 깨달음이 필요한 이유가 오히려 중요하였네. 깨달음을 어리석음 속에서 찾지 않아야 할 이유이기도 하였네.

077

자장면을 먹고 나서 다음에 짬뽕을 시켜 먹어야겠다고 여
길 때가 있었네. 자장면을 먹으러 갔는데, 옆 테이블에 늙으
신 어머니와 장성한 아들이 먼저 앉아 짬뽕을 기다렸다네.
아들은 짬뽕이 나오기까지 별 말 없이 신문을 읽고 있었지
만, 늙으신 어머니는 아들의 얼굴을 열심히 읽고 있었다네.
죄송스럽게도 나 또한 할머니의 얼굴을 몰래 읽었다네. 아
들을 바라보는 할머니의 눈빛에 사랑이 그득하였으니 모른
척 회피할 도리가 없었네. 짬뽕이 나오자마자 할머니는 한
젓가락 들어 아들의 짬뽕 그릇으로 가져갔네. 그 순간 아들
은 손을 내저으며 짧은 짜증을 냈다네.

"그냥 드세요. 많지도 않구먼!"

"많아서 그라지."

"그냥 드시다 많으면 남기세요."

노모는 아무 말 못하고 그냥 드시다가, 아들의 먹는 속도
에 맞춰 젓가락을 함께 놓고 나가셨다네. 그래도 다행인 것
은 내가 나올 때 보니 두 분 다 음식이 거의 남지 않았었네.
나는 짬뽕을 앞에 두고 나눈 모자의 대화에 왠지 가슴이 저
렸다네. 내 귀에는 이렇게 들렸기 때문이었네.

"사랑하는 아들아, 힘들지? 이거 더 먹고 힘내거라."

"엄마, 괜찮아요. 엄마가 더 드시고 건강하게 오래오래 사셔야지요."

밖으로 나와서 생각했다네. 다음에는 진한 국물의 짬뽕을 시켜야겠다고.

078

아침에 조말늠 할머니가 자기보다 키가 큰 대빗자루를 들고 마당을 쓸다가 나를 보고는 푸념을 하셨네.

"빗자루가 무거워 마당도 못 쓸것다."
"할머니 운동 삼아 슬금슬금 하세요."

가는귀가 어두운 분이신지라 소리를 질러야 알아듣고 고개를 끄덕였다네. 하루 종일 그 사소한 할머니의 일상 한 부분이 머리에 맴돌았다네. 기억에 남는 사람이란 어떤 모습이어야 하는가.

학인 시절, 도반의 은사 스님을 찾아뵌 적이 있었다네. 충

청도 어디 산골이었는데, 도반을 따라 암자에 들어서니 무명 승복 차림의 얼굴이 햇볕에 그을린 스님 한 분이 지게에 땔감을 실어 나르는 중이었네. 불목하니쯤 되는 분인 줄 알았더니 도반의 은사 스님이었지 뭔가. 정색을 하고 절을 올리려고 했더니 흙 묻은 채로 밖에 선 채 먼저 합장을 하셨네.

"먼 길 오셨네요. 들어가서 차 한잔 하고 가세요.'

그러고는 일언반구도 보태지 않으시고 다시 지게를 지고 산으로 올라가셨다네. 도반과 차 한잔을 하고 돌아왔는데, 도반의 은사 스님이 내내 기억에 남았네. 아마, 나중에 나도 저리 살아야겠다는 결심을 굳힌 모범이어서 그랬으리라 여기네. 그 후로도 이런저런 어른들을 만나 뵙고, 이런저런 고위직의 스님들을 뵈었지만 그러려니 한 정도였다네. 나를 기억하는 분은 있어도 내가 기억하는 분은 거의 없다네.

조말늠 할머니 빗자루 덕택에 지금 내 자신에게 다시 묻게 되네. 사람이 사람의 기억에 오래 남는다는 것은 과연 무엇 때문이던가.

079

우리는 누군가를 판단할 때, 그 사람의 말이나 행동 등의 보이는 것을 기준으로 삼게 된다네. 나는 드러나는 것으로 숨겨진 것을 알게 된다고 생각하기에 누군가를 판단하는 기준으로 과히 틀리지 않는다고 생각하네. 누군가를 사랑할 때 정말 사랑하는지 아닌지 판단하는 기준도 드러나는 그것으로 판단할 수밖에 없다고 여긴다네.

　사랑하는 마음은 사랑스러운 말로 표현되어야 사랑이고 사랑하는 행위로 표현되어야 증명이 되네. 그 마음이 표현될 때에야 마음도 비로소 마음으로 자리매김되네. 사랑한다면서 괴롭히고, 욕하고, 거짓말하고, 자신의 이익만 찾는다면 그건 사랑하는 게 아닐 것이네. 내면에 숨겨진 사랑

이 따로 있다는 말도 거짓일 것이네. 어쩌면 숨겨진 사랑
이란 아직 드러낼 만큼 성숙되지 못한 사랑이 아니겠는가.

　좋은 사람은 착한 말을 하는 사람이라고 믿네. 좋은 사람
은 더불어 행복한 삶을 실천하는 사람이라고 믿네. 드러난
것으로 그를 다 알 수는 없어도, 드러나지 않은 것으로는 더
욱 알 수 없는 것 아니겠는가.

080

쇠스랑을 들고 가 도반 스님 밭에서 울금을 캐 줬네. 내가 어려울 때 부려 먹고, 힘든 일에 모른 체하면 사람이 아니 잖은가. 울금은 강황과는 다르다고 하네. 강황은 카레를 만 드는 주 재료고, 울금은 모양은 비슷해도 맛이 좀 다르다 네. 울금은 황금색이네.

울금鬱金… 울금…

울금이라는 말을 되뇌면, 울鬱이라는 말이 맺혔다는 말인 데, 금金이 맺혔다는 말인지 맺힌 게 금이라는 말인지는 헷 갈린다네. 다만, 맺힌 게 금이라는 해석이 좋기는 하네. 맺힌 것 없는 사람 어디 있으려고. 그 맺힌 게 독毒이 아닌 금이 되려고 일생 동안 우리는 속을 곱게 끓이는 중 아니었던가.

081

마을을 지날 때 할머니 한 분이 후레쉬를 켜 놓고 들깨를
터셨다네. 들깨 향이 밤바람을 타고 얼굴에 확 끼쳤네. 저
녁을 드신 후 할 일을 남겨 두고는 잠이 안 올 것 같았나 보
이. 한창 드라마를 볼 시간일 텐데 하는 생각이 들었네. 들
깨를 털어 들기름을 짜면 도회지에 나가 사는 자식들에게
두어 병씩 보낼 모양이었네. 할머니 손에 들깨 향이 배어
오래오래 빠지지 않을 것 같았네. 자식들이 그 노고를 알아
줄지는 모르겠네. 하긴, 그 어머니에겐 알아달라는 마음조
차 없었을 것이네.

082

산 너머 깊은 골짝, 고라니 우는 계절이 되고 보니 짝을 찾는 일이 저토록 피를 토하는 일이었구나 싶었네. 산속에 살다 보니 알게 되었네. 밤에 홀로 있어도 하나 무서울 일 없었는데, 고라니가 짝을 찾는 그 처절한 소리가 들릴 때면 웅크린 채 진저리를 친다네. 거기다 밤부엉이까지 울면 을씨년스럽기도 그지없다네. 존재한다는 건 사랑을 찾는 일이었던가 싶었네. 사랑을 찾는 일이 원래 이렇게 목숨을 내놓듯 무서운 일이었던가 싶었네. 무서워서 지독스럽게 슬퍼지는 게 또한 사랑이었나 싶었네. 이러하여서 만약, 모든 생명의 기억이 기어코 지워지는 것이라 하더라도 사랑했던 추억만은 최후의 기억이 될 것이 자명하였네.

083

느개 내리는 어두운 밤길도 홀로 걸어 봄 직하다네. 뜻하지 않게 희망을 줍는 경우가 있기 때문이네. 가련하고 불쌍한 청승이라기보다 어떤 농군이 길에 떨어뜨리고 간 보석 같은 희망을 주웠네. 길 가운데 비 맞고 누운 총각무 하나, 그 시퍼런 잎사귀는 분명 희망이었네. 느개 속 우산도 안 쓴 중이 내일 아침은 뜨겁게 챙겨 먹어야겠다는 생각을 일으키는 희망이었네. 얇게 썰어 들기름에 들들 볶아 버섯 육수를 넣고 끓여야겠다고 모셔 가는 희망이었네. 돌아오는 어두운 밤길 논두렁 가에 핀 쑥부쟁이 꽃이 입동을 앞두고 비에 젖은 채 아직 화사한 웃음을 잃지 않는 이유였다네.

084

새벽의 추위도 뭔가 한 움큼 떼 주고 온 게 있었네. 지난밤의 어둠도 무엇인가를 뭉텅 떼 주고 왔었네. 미명이 트기 전 서리가 내리고 코끝이 시린 것도 아까워서 꼭 붙들어 매던 것, 못 살 것같이 뜨거운 것 훌훌 던지고 찾아온 손님이었네.

나는 그대가 벗은 것이 참으로 자랑스럽고 사랑스럽다네. 어찌하면 남을 위하며 이익되게 할까 하여, 어렵고 힘든 이에게 자신의 것을 남김없이 나눠 주었다지? 어찌하면 일체 중생을 이익되게 할까 생각하였다지? 그것을 보리심菩提心이라 하지 않던가. 내 가족과 내 권속들에게만 이익되게 할까 생각지 않는 그 마음이 바로 부처의 삶이었네.

어떤 이는 평생 모은 재산을 기꺼이 어려운 이와 후학들을 위해 보시했다네. 김밥을 팔아 모은 땀방울 맺힌 귀한 돈을 헌납하고, 자신의 땅을 헌납하면서도 아까워하지 않았다네. 이들은 세상의 약이 되고 탐욕에 가린 마음을 정화시킨 큰 보살들이었네. 사람들은 금방 잊을 테지. 다시 자신의 탐욕으로 빠져들 테지. 그러나 그대와 같은 고귀한 수행자가 또 나타나 세상의 빛이 될 것을 나는 믿는다네. 암. 나는 그것을 신앙처럼 굳게 믿는다네.

한편, 베푼다는 말은 좀 건방진 말이었네. 어차피 재물이란 것은 내 것이 아니었네. 그래서 내가 맡아 지녔던 재물을 회향한다는 그 마음은 얼마나 향기로운가. 그래서 베푼다는 말보다 되돌려 준다는 말이 더 정확하지 않겠는가. 되돌려 준다는 것을 꼭 물질적인 것으로 한정할 필요는 없지만, 몸도 마음도 널리 되돌려 줬으면 좋겠다는 생각이 들고 이 부분에서 나는 늘 죄스러운 마음이라네.

4부

사람이 밥값 하며 사는 세상이면 참 좋겠네

085

도적처럼 오리라던 날이었던가. 일생을 놀아도 논 것 같지 않은 날이 또 지나고 있었네. 올해 첫 장작불을 때자 까마귀는 벼 벤 논 위를 날아갔네. 참 황량한 날이었네. 개 목에 진드기 살이 통통하였다네.

앞날이 흐리고 누군가 저세상을 밟았던 듯싶었다네. 올해 텃밭의 콩 농사는 쭉정이가 태반이었네. 산비둘기나 요기하라고 해야 할 판이었네. 내 마지막 해도 역시나 쭉정이일까 공연한 걱정을 하였네. 공수래공수거空手來空手去가 당연하여도 늘 아쉬운 건 어쩔 수 없는 노릇이었네.

086

멧돼지라도 어슬렁거렸는지 두 마리 개가 한참을 짖은 뒤, 얼음이 얼었네. 하늘의 별들은 어쩜 그리도 총총히 빛나던지 마냥 아름다운 밤이었네. 생각이란 걸 갖다 붙일 까닭이 없었네. 잃어버릴 것도 없는 어둠 속의 빛이었다네. 이럴 때, 그러한 것은 그러한 대로 두어야 하네. 아름다운 것은 아름다운 것대로, 밝은 것은 밝은 것대로 가만히 보기만 하면 되었네. 여여한 어둠에 여여한 빛이었으니 무얼 또 부러 찾겠는가.

087

유달리 눈물이 많았던 이유로 잘 웃었네. 말할 때 웃지 말라는 충고도 많이 들었다네. 나이 들고 중년이 되었건만, 이 버릇은 잘 고쳐지지 않았다네. 덕분에 얼굴 주름은 멋지게 졌다네.

088

근래에 국민을 개, 돼지로 비유한 어떤 관리의 말이 회자되었네. 사람을 지위와 재력으로 그 신분을 정하니 어리석은 행사 아니겠는가. 사람과 짐승의 경계는 어리석은 마음을 반성하는 데 있을 것이네. 사람 같지 않은 사람이야 없는 사람 취급이 답일 것일 테지만 안타까웠네. 늘 자신을 반성하는 삶이 수행의 길임을 확인하는 사건이었네.

089

누구 할 것 없이 우리는 모두 수행자라네. 세상은 그 자체로
수행처라네. 그러나 수행자가 따로 있고 수행처가 따로 있
는 세상이고 보면 슬프기 그지없다네. 그래, 수행자가 따로
있다고 치세. 수행처가 따로 있다고 치세. 언제부터 수행자
가 망할 것을 걱정하며 살았던가. 수행자가 언제부터 주릴
것을 걱정하며 살았던가 말일세. 망할 것을 걱정하여 남에
게 주는 짓을 하지 말자고 하는 이가 있다네. 통탄할 노릇이
아닐 수 없네. 수행자가 빚을 내어 사업을 벌이고, 고대광
실 같은 높은 법당을 지어야 큰스님 소리를 듣는다네. 부처
님이 그 크고 화려한 집에 정녕 살기를 바랐겠는가 말이네.

090

물에서 물을 찾겠다는 이들이 있네. 수년 전 어떤 분이 커피를 한잔 대접하더니 내게 법문을 하였다네. 우리의 마음은 이 커피처럼 혼탁하여 맑은 물로 걸러져야 하고, 스님의 수행도 그런 게 아니냐고 하였다네. 내가 그랬다네. 커피에서 왜 맑은 물을 찾으시느냐고. 커피는 그 자체로 물이며, 커피인데 무엇하러 맑히느냐고.

깊은 산 계곡의 맑은 물도 물이요, 세속의 더러운 도랑물도 물이었네. 마음이 더러운 줄 알면, 마음은 바로 그 자체로 한없이 맑은 것이었네. 다만 행위의 업이 있을 뿐이지. '참나'라는 말을 굳이 한다면 '참나'란 이런 것이었네.

091

생각의 뿌리에서 생각의 열매가 맺히네. 무언가를 이루기 위해 참아야 한다느니, 무언가 성공하기 위해 생각을 어떻게 변화시켜야 한다느니, 마음이 평안하려면 무엇인가를 내려놓아야 한다느니 하는 이런 말들을 가만히 들여다보면 여기에는 무언가 하려는 강한 욕구의 뿌리가 있었네.

무언가 이루려는 욕구, 그 뿌리가 참 질기고도 깊게 퍼져 있네. 그렇다고 뭔가 이루려는 생각 자체가 필요 없는 건 아니네. 다만, 자신에게 강요하고 남에게 강요하는 욕구에 관한 애기라네. 그게 진정한 행복인지 아닌지 말일세. 우리를 행복하게 만들고, 내가 행복하게 사는 삶인지 말일세. 그래서 더불어 행복한 삶을 사는 길이 만약 따로 있다면, 부처님 법도 버려야 하겠다고 여긴다네.

092

비닐하우스 집이라 겨울이면 밖이 아니라 집 안에 비가 내
리네. 외부 온도와 내부 온도가 차이 나서 그렇다네. 습기
를 말리려고 화목난로 불문을 열어도 뚝뚝 떨어지는 비닐
하우스 결로에는 속수무책일 때가 있네. 그럴 땐 차라리 문
이란 문은 다 열어 놓고 실내와 실외의 온도 차를 줄이는
게 더 좋다네.

　그렇게 코가 떨어질 것 같은 겨울, 그 멍드는 새벽하늘에
글 몇 줄 새기고 싶을 때가 있네. 새벽마다 되읽으며 날이

밝고, 또 새벽이면 되읽어 살아 있음이 확인되는 그런 글 몇 줄 남기고 싶은 날 있네. 밤을 넘지 못한 하현달이 꾹꾹 눌러 담던 말이라네.

　잠언 따위 필요 없네. 금구성언金句聖言은 허깨비나 지고 가라지.

093

사람들은 영원한 생명과 영원한 행복을 희구하네. 그래서 천국을 말하고 극락세계를 말하는지도 모르지. 그러나 영원한 생명을 보장해 주는 기계 몸을 포기했던 '은하철도 999'의 철이처럼 유한하고 나약할 수밖에 없는 우리의 육신을 감사히 받아들일 때 생명의 존귀함도 알게 되네. 누군가를 믿어야 영원히 행복한 나라에 가는 것도 아니라는 걸 받아들여야 나의 소중함도 알게 되네. 늙고, 병들고, 괴로움 가득한 세상이어서 현실에서 행복을 누린다는 게 얼마나 소중한지 알게 되네. 그래서 그 행복이라는 것이 영원하지 않아서 더욱 소중하다는 것도 알게 되네.

영원한 행복이 없듯이 영원한 지옥도 없다는 게 불교지. 극락조차도 그 업이 다하면 윤회의 길을 가야 한다고 설하니까 말일세. 어찌 보면 대단히 지혜로운 가르침이네. 영원한 천국, 영원한 지옥은 유한한 생명에 두려움을 갖는 어리석은 사람들이 만들어 낸 환상 같은 것일 테니 말이네. 그렇다고 죽으면 모든 것이 끝나 버린다는 가르침도 아니니 현재의 삶 속에서 소중한 가치를 발견하게 된다네. 그래서 서방 정토가 멀리 있는 나라가 아니라 지금 이 자리라고 육조 스님이 말씀하신 게지. 현실에서 만들어 가는 극락, 거기에 삶의 의미가 별처럼 반짝이고 있었네.

094

전통 대패와 끌을 만드는 장인 한 분을 알고 있네. 일가—
家를 이룬다는 것은 어느 한 분야에서 자신만의 세계를 창
조했다는 것일 테지. 그 자신만의 일가를 이룬 사람을 우리
는 장인이라고 부르네. 장인은 하루아침에 이루어진 게 아
님을 우리는 아네. 수없는 시간과 땀과 노력이 장인의 내면
에 쌓여 있네. 예술 분야나 물건을 만들어 사고파는 장사나
특정한 기술에 이르기까지 장인의 반열에 오른 이는 나름
자기만의 색깔이 있네. 그 고유의 색깔은 고유의 우주와도
맞닿아 있다네. 그리하여 그는 우주의 창조주이며 스스로
의 메시아가 된다네.

  돈이 있고 없고는 그의 우주를 무너뜨리지 못하네. 장인
은 날마다 팽창과 확장과 소멸을 자기 안에서 이룰지언정

현상에 이끌려 지배당하지 않기 때문이네. 장인은 남을 흉내 내지 않으며, 설령 남의 영향을 받게 되고서도 그것을 자신만의 것으로 재창조하네. 장인에게는 남에게 없는 자신만의 길이 있네. 남이 뱉은 말이나 되새김질하며, 남의 작품을 자신의 것인 양 포장하지도 않는다네. 스스로에게 부끄럽지 않은 창조만을 꿈꾸네. 장인은 가마에서 갓 구워져 나온 도자기를 망치로 깨부수듯 자신을 부단히 깨면서 나간다네. 자신의 세계에 안주하지 않으며, 끊임없이 생동하는 우주를 내면에 운용하는 이라네.

095

산에서 졸가리를 한 아름 안고 와 가마솥에 불을 때야겠네.
할 말 많은 것도 긁어다 때야겠네. 가마솥에서 행복이와 우
리의 먹거리가 푹푹 김을 낼 테지. 소 엉덩이를 바라보다
오줌을 눌 때 달려가 튼 손을 씻듯 두 녀석은 입맛을 다실
게야. 나는 그 뜨신 소 오줌에 손을 씻듯이 녀석들의 먹성
에 속이 뜨듯할 것이네.

   참 할 말이 많지만, 여전히 무엇을 아느냐보다는 어떻게
사느냐가 핵심이었네. 무엇이 깨달음인가. 무엇을 깨달아야
할 것인가. 무엇을 깨달았느냐 하는 이런 것들도 지금 어떻
게 살고 있느냐에 와서는 고개를 못 드네.

나는 산에서 졸가리를 한 아름 안고 와 불을 땔 것이고,
할 말 많은 그 마음도 긁어다 땔 것이네. 팔만대장경을 이
르고도 한마디 말도 한 적 없다는 고백이 헛말은 아니었네.
그래서 가마솥에서는 푹푹 김이 날 것이었네.

096

내가 거처하는 곳은 방에 바닥 난방이 없어 화목난로를 때
다 보니 한겨울에 최소한 서너 시간에 한 번씩은 나무를 채
워 넣어야 하는 불편함이 있다네. 자다가도 자정에서 새벽
한 시 사이에 일어나 나무를 채워 줘야 불이 안 꺼지고 그
나마 훈훈함을 유지할 수 있다네. 그리고 새벽에 일어나 또
나무를 채워 넣고, 새벽 예불을 하게 된다네. 이런 일상들
이 좀 귀찮기는 해도 게으름을 방지하는 데는 오히려 좋은
환경이 되네.

법정 스님께서 폐암으로 열반하시기 전 새벽 기침으로 잠
을 못 이루셨다고 하는데, 오히려 새벽 기침으로 인해 성성
하게 깨어 있을 수 있어 감사하다고 하셨다지? 나도 그런
마음을 조금 알 것 같았네.

화목난로에 나무를 채워 넣어야 하는 일로 반드시 새벽에 일어나야 하니 이 일은 불편함이 아니라 오히려 내 수행에는 더없이 고마운 일이었네.

097

혼자 사는 처사가 땔감 나무를 좀 가져가라고 하였네. 내가 추위에 나무하는 게 안쓰러웠나 보네. 나는 마음만 고맙게 받는다고 했네. 그 집에도 땔감이 필요한 것을 이미 알고 있기 때문이었네. 그러나 자신의 것을 공양하려는 그 마음이 얼마나 고마운지 모르겠네. 그 마음 씀이 바로 일체를 섬기는 것이었고, 존귀와 빈천을 따지지 않고 이익되게 공양하는 것 아니겠는가. 친소를 따지지 않고 받드는 것 아니겠는가. 그리하여 미움과 애착과 두려운 마음을 내지 않는 작은 실천이 아니겠는가 말일세.

겨울이면 어디선가 추위에 떠는 이가 있고, 배가 고파 시름에 잠긴 이가 있고, 병든 몸으로 추위를 견뎌 내야 하는 이가 여전히 있네.

누군가를 섬기는 일은 멀리서 찾을 것도 없겠지. 내 이웃에 도움의 손길이 필요한 이가 있으면 도와주는 게 일체를 섬기는 것과 다름없는 것이겠지. 누구나 가까운 이웃을 돌아본다면, 만약 세상이 모두 그렇게 하기만 한다면, 한 사람의 섬김이 자연스럽게 일체를 섬기는 일이 되는 것이니 말이네.

098

인생에 있어 뭔가 새롭게 시작할 시점이 아니라도 선택의 질문은 어김없이 다가왔었네. 선택의 기로에 서서 고민 없는 사람 어디 있을까만 미래에 대한 두려움 때문에 익숙한 방법과 익숙한 일이 일어날 것 같은 그 길을 선택하곤 했었네. 그리고 선택에 있어서 나는 나만의 나일 수 없다는 사실이 괴롭기도 하고 답을 찾기도 어려웠네. 누구나 부모와 아내 그리고 남편, 자식들을 비롯한 각자를 둘러싼 모든 인연들을 염두에 둘 수밖에 없었네. 출가한 승려에게 무슨 선택의 어려움이 있을까 하여도, 나 역시 어려운 선택의 갈림길에 서 있다네. 또한 그 선택의 시간 앞에 얽히고설킨 인연의 끈이 적지 않음을 확인한다네.

우리에게 과거란 무엇이었고, 미래란 무엇이었으며, 현재란 무엇이었던가. 선택에 있어서 과거는 흘러가 버린 그 무엇이 아니었네. 미래도, 현재도 머무는 것은 아니었네. 우리는 다만 시간의 관념에 매인 채 살았던 것 아니겠는가. 마치 마당에 선을 그어 놓고 '제자리에 있어도 한 대, 선을 넘어도 한 대, 선을 밟아도 한 대'라는 문제를 풀고 있는 것만 같았네. 답이야 선을 지워 버리면 애초의 문제 자체가 사라져 버려 자유로워지는 것이지만, 여전히 그 선을 지우지 못한 채 답을 찾으려 애쓰고 있네. 그것이 진정 우리의 문제였다네. 삶이란 늘 백지 위에 선 채 새롭게 시작해야 하는 것임을 잊은 것이었네.

099

전국에서 일었던 수백만 국민의 촛불시위는 모두 함께 행복할 수 없는 세상에 대한 시위라고 해석해 보았네. 다 같이 고민해야 할 것은 어떡하면 함께 행복할 수 있을까 하는 문제였네. 이 와중에 사회적 불평등과 차별을 개인의 탓으로 돌리는 이들이 있네. 개인의 평안함만을 목적으로 수행하는 이들도 있네. 그러나 개인적으로 내면의 평안함을 이룬다고 해서 세상이 행복해지는 건 아닐 것이네. 물론, 모든 존재가 낱낱의 구성원일 수밖에 없고, 그 낱낱이 행복하다면 모두 행복할 것이기도 하네. 그러할지라도 그 내면 깊숙이 자리한 근저의 사고를 건드리면, 우선 나만 평안하면 된다는 이기심은 아닐까 생각하였네. 내가 평안하다고 세상도 같이 평안한 것은 아니기 때문이라네. 내 배 부르다고 남의 배도 같이 부른 건 아니듯이 말일세.

100

'일생보처一生補處'라는 말이 있다네. 보처라는 말은 '대신 자리를 메운다'는 말이네. 그래서 한 생애 동안 부처의 자리를 메우는 이를 일러 '일생보처'라고 하네. 그런데 일생보처가 따로 있었던가 하는 생각이 들었다네. 아니었네. 이 말은 곧 모든 이가 일생보처임을 암시하였네. 그대가 지금 이 사바세계에 부처님 대신이었네.

　그러니 저 남의 나라 인도의 성자 칭호를 받는 이가 성자 아니요. 티베트의 성자 칭호를 받는 이가 성자 아니요. 아프리카의, 아메리카의, 유럽의, 아시아의 성자라고 일컬어지는 이들이 성자 아니요. 지금 내 옆에서 타인을 위해 눈물 흘리는 그대가 진정한 성자요. 진정한 존자였다네.

101

사람들은 이 세상에 다시 태어나고 싶지 않다고 말하곤 하네. 불교 용어로 무여열반無餘涅槃에 들고 싶다는 말이겠지. 무여열반은 번뇌의 원인까지 완전히 제거한 평안이라네. 그런데 어떤 이는 생사生死의 고통을 즐거워한다네. 다시 몸을 받는 것이 즐겁기만 하다네. 왜 그럴까. 윤회 가운데 있는 이 몸이 너무 좋아서 다시 얻고 싶은 것일까? 아니면 다시 태어날 때 부유한 곳에 태어날 것을 믿기 때문일까? 아니라네. 다시 이 몸과 목숨을 받아 다른 이를 위해 살 수 있게 되어 즐겁기 때문이라네. 기쁨의 진짜 맛을 아는 게지. 이제, 깨달아 생사의 고통을 벗어나라는 가르침은 갖다 버려야 할 가르침이 되었네. 고통을 받아 오히려 즐거운 길은 이미 활짝 열려 있었네.

102

바늘귀에 소 한 마리쯤은 한 눈 안 감아도 통과시킬 만한
때가 있었네. 적삼 소매와 밑단이 뜯어져 바느질을 하려니
눈앞이 가물거렸네. 한 눈 감아도 실이 조준하는 바늘귀 과
녁은 자꾸 비껴 나갔다네. 돋보기를 찾아 끼고서야 한 땀
한 땀 기울 수 있었는데, 바늘땀마다 한 사람이 생각났다
네. 차라리 승복을 새로 사드리면 안 되겠냐고 물었던 사
람. 안 된다고 하고선 끝내 바느질을 맡겼던 그 사람은 지
금쯤 알는지 몰라. 기워 놓은 승복 입을 때마다 그 손길 그
정성 기억해 내는 걸.

103

사람이 밥값 하며 사는 세상이면 참 좋겠네. 밥값은 자신의 생명 값이거니와 일체를 향한 한없는 겸손이네. 어찌 개인만 그럴까. 위정자는 자신이 잘나서 그 자리에 있는 게 아니라 백성의 은덕이라는 생각으로 밥값을 해야 나라가 평안할 테지. 기업은 노동자의 은덕으로 기업이 유지되고 기업주도 사는 것이라는 걸 알면 사회적 책임이라는 그 밥값에 인색할 수 없을 것이네.

그 가운데 수행자는 더욱 밥값의 중요성을 심각하게 생각해야 하겠네. 노동을 하는 것도 아니면서 무위도식하는 이가 많다면 그 말에 무슨 힘이 실리겠는가. 어떤 수행자가 불원천리 달려가 큰스님께 깨달음을 물었는데, 대답이 "한

알의 쌀도 시주의 은덕이니 소중히 여기라"고 했다네. 그때는 애들도 다 아는 얘기를 하느냐며 돌아서서 욕을 했다더군. 그런데 나중에 그 말처럼 엄중한 가르침이 없었다는 게야. 그러고 보면 나는 늘 빚쟁이일 수밖에 없네. 밥값을 언제 다하며 살지 모르겠네.

104

막대기 하나를 똥 막대기로 쓰든지, 그것을 주걱으로 만들어 밥 푸는 데 쓰든지는 쓰는 이의 자세에 달렸네. 원래 청정한 마음이 있다면 있는 것을 따로 찾을 필요가 없고, 원래 청정한 마음이 없다고 하면 어차피 없는 것이니 찾아도 찾지 못할 것이었네.

맹자의 성선설도 순자의 성악설도 결국 인간성의 쓰임새를 어떻게 가져갈 것이냐 하는 접근 방법 아니겠나. 맹자는 사람이 원래 선한 성품을 타고났으니 선을 회복해야 한다는 취지였고, 순자는 사람이 쉽게 악으로 달려가는 속성이 있으니 교육을 통해 선한 심성을 고양시켜야 된다는 데 무게를 둔 것이었네. 불교에서 말하는 청정심과 불심 또는 여래장 사상도 성선설과 궤를 같이 하는 것이었네.

마음 찾아 마음을 버리는 일이 가능하지 않듯, 이 마음도
저 마음도 모두 같은 마음이었네. 그래서 마음 밖에 마음
없고, 마음 안에 별다른 마음이 따로 없는 것이었네. 어떻
게 이 마음을 쓸 것인지 그것만이 중요하였네.

105

연화장 세계의 향수해에는 무수한 나라들이 있고, 그 무수한 나라마다 무수한 중생의 종류가 산다네. 그 무수한 중생들이 무수한 나라에 태어나고 죽는 것은 그 업에 따라 태어나 살고 죽는 것이라네. 그러나 각각 다른 중생의 성품이라는 것은 허망하기 그지없네. 바람이 온 곳 없고, 간 곳 없는 것과 같네. 업이 만든 허깨비 놀음이라네. 중생이 불쌍한 것은 이런 업의 꼭두각시 노릇을 하면서도 자신의 주체로 산다는 착각에 빠졌기 때문일 것이네.

106

살면서 얽힌 건 하나하나 풀어가는 게 참 좋다는 생각을 하였네. 마음에 담아 두면 병이 되는 것들이 있었네. 풀 것은 용기 내어 풀어야만 서로가 평안하였네.

어제는 두 가지 맺힌 게 풀렸던 날이었네. 서로의 의견이 안 맞아 몇 년간 소식 없던 거사님이 갑자기 찾아와 많이 보고 싶었고, 속을 털어놓고 눈물도 흘리고 싶었다는 것이었네. 또, 한 보살님에게는 까닭 없이 오해하고 비방했던 점 잘못했다고 하는 사과의 전화를 받았다네. 모두 이해하고 용서한다고 했다네. 평안하시길 바란다고 했다네. 그러면서 내 잘못도 전혀 없지는 않았구나 하는 점을 찾았다네.

107

어른 스님 생신에 인사를 드리고 종이봉투 한 장 받아 들고
나왔네. 열어 보니 '오유지족吾唯知足'이었네. 방에 앉아 고민
하였네. '나 하나로 만족할 줄 알아야 된다'고 해석하면 어
떨지. '나만 만족할 줄 알면 된다'로 해석하면 어떨지. '나라
는 것은 만족할 줄 안다는 것'으로 해석하면 어떨지.

  물론, '내게 있는 것으로 만족할 줄 알아라' 하는 뜻이야
모를 리 없지만, 내 자신 하나 제대로 찾으면 무엇인들 만
족하지 않을까 싶어 봉투에 글씨를 도로 집어넣고 '나 오吾'
자도 접어 두었네.

108

허망한 세상을 더할 나위 없이 가득 채우는 한마디가 있었네. 가슴에서 사랑이 일어 기도가 간절해지거든. 사랑의 바람은 온 곳 없이 그대에게로 가서 스미거든.

그래서 하루를 시작하는 나에게 제일 먼저 말해야겠네. 진정 사랑한다고, 미소 짓게 해야겠네. 그런데 우리는 고맙기 그지없다고, 사랑한다고 하면서 어떻게 미운 말들을 했을까? 사랑한다고 하면서 어떻게 해코지를 했을까? 돌이켜 보면, 진정 자신을 사랑할 줄 몰랐던 탓이었네. 그래서 나는 날마다 제일 먼저 고백해야겠네.

아! 눈물 나도록 나를 사랑합니다.

109

'직지인심 견성성불直指人心 見性成佛'이란 말이 참 유명하지?
'사람의 마음을 바로 가리켜 성품을 보면 부처가 된다'는 말
이라네. 이 말을 쉽게 풀면, 마음이라는 성질을 바로 아는
게 부처를 이루는 것이라는 말이었네. 이 말대로라면 마음
을 먼저 알아야 된다는 말이네. 그러고 보니 견성見性이 참
쉽네. 즉 마음이라는 성품이 뭔지만 알면 되니까 말일세. 마
음은 현상에 즉해 생겨났다 사라지는 허망한 것 아니겠는
가. 참 쉽지 않은가.

110

나는 어릴 때 이름이 '돼지'였다네. 뚱뚱하거나 먹성이 좋아서 돼지라는 이름은 아니었네. 우리 조상들은 자식이 귀할수록 '개똥이'처럼 이름을 천하게 붙여 불렀다네. 귀하게 부르면 누군가 시기하고, 액운이 틈을 엿볼까 염려했던 까닭이었네. 그래서 천하게 불렸던 이름 덕분인지 나는 지금까지 몇 번의 죽을 고비를 넘기며 무탈하게 살아 있다네. 남들보다 잘난 체해야 대접받는 세상에서 정겨운 옛 이름들이 잠시 그리웠네.

111

행복도 괴로움이라는 것을 사람들은 잘 알지 못하네. 행복
이 단순히 고뇌의 반대 개념이거나 감정의 즐거움이라고
착각을 하며 사네. 살면서 행복과 고뇌가 따로 있다면 부처
님이 세상을 왜 고해苦海라고만 했겠는가. 사람들은 자신이
느끼는 행복도 바로 고뇌와 다를 바 없는 것임을 모르니 안
타까운 노릇이었네.

  나는 내게 묻네. 진정한 행복이란 무엇이던가. 내게 이익
이 생기고 내 가족에게 기쁜 일이 생겨 즐겁다든지 하면 그

게 진정 행복이던가. 돌이켜 보면, 자신의 이익과 감정에 휘둘리며 기쁨과 괴로움이 갈리는 그런 삶 자체가 바로 고해 아니었던가 말일세. 고해의 바다를 건너는 배 삯이라는 게 있다면, 이런 미혹된 마음을 뭉텅 끊어 사공에게 건네주는 것 아니겠는가. 그 사공이 남일 리 없지만 말일세.

112

칠팔 년 전, 탁발승 한 분이 어스름 저녁이 되어 찾아온 적
이 있었네. 민가에서 탁발을 하다 시골 암자가 있어 들렀던
모양이네. 맞아들여 내 방에서 함께 차를 마셨다네. 사는 곳
따로 없이 트럭을 끌고 다니며, 트럭에서 먹고 자며 생활하
는 스님이었지. 이런저런 대화를 하다 보니 스님이래도 정
식 출가는 아니고, 불교 공부를 한 것도 아니었네. 본인의
말에 의하면 이리저리 유명한 스님들을 찾아다니며 묻고
배우며 수행하는 중이었다네.

좋은 스승을 만나 바른 길을 갈 수 있으면 좋겠다 싶었네.
헤어질 때 마침 가진 게 없어 봉투에 만 원을 넣고, 죄송하
다며 전화번호를 드렸는데 한 삼 년은 문자가 한 번씩 왔었

네. 늘 잊지 못할 가르침을 베풀어 주셔서 수행하는 데 힘이 된다는 내용이었지. 사실, 나는 정작 무슨 말을 했는지 기억이 안 난다네. 한번 다시 찾아오겠다고 했었는데 갑자기 소식이 끊기고 그러다 몇 년째 소식이 없다네. 오늘 그 스님이 왜 생각나는지 모르겠지만, 그분 하신 말씀 하나는 내가 오히려 가슴에 담고 있다네.

"탁발을 다니면서 알게 되었습니다. 공부 중에 하심下心이 얼마나 중요한지를."

113

이탈리아에서 배고픈 사람이 마트에서 음식을 훔치다 걸려 재판에 넘겨진 일이 있었다네. 1심에서는 유죄가 되었고, 상고심에서 무죄로 판결이 난 일이었네. 수석 판사가 '생존의 욕구는 소유에 우선한다'는 판결문을 발표했다더군.

'생존은 소유에 우선한다'는 판결문은 지극히 당연하면서도 당연함이 당연함으로 인식되지 못하는 우리의 현실 앞에 가슴이 저렸다네. 소유를 지키기 위해 생존을 위협하는 비뚤어진 우리 사회의 양심에 경종이 될 수 있을까 하였네.

114

신문 기사에 어느 사찰 소개가 나왔다네. 기도도 안 받고, 재도 안 받고, 오로지 경전 번역만 하는 스님들의 수행을 소개한 사찰 기사였네. 사실, 나도 기도 기간을 정하고 불자님들로 하여금 동참하기를 바라는 그런 사찰의 주지스러운 삶을 좋아하지는 않네. 그러나 기도 기간을 정하고, 매일 일정한 시간에 맞춰 예불을 하고 기도를 하면서 알아 가는 게 있다네. 기도란 자신을 나태하지 않게 하는 좋은 수행의 방편이 된다는 것이었네. 게으름을 피우고 싶고, 이런저런 이유를 들어 예불이나 기도를 빼먹고 싶어도 동참한 이들의 정성을 봐서라도 예불을 하고 기도를 해야 하니 게으름을 피울 수가 없다네.

기도의 좋은 점은 또 있다네. 기도를 함으로 인해 선한 마음이 발현된다는 것이네. 매일매일 자신의 원력을 다잡는 시간이 됨은 물론이거니와, 기도 동참자들의 소망을 부처님께 아뢰고 이루어지기를 기도하기에 선한 마음이 자라난다네. 누군가 잘되기를 바라고, 병이 낫기를 바라고, 건강하기를 바라고, 결혼이나 득남 득녀를 바라고, 취직이나 시험 합격 같은 좋은 소식이 있기를 바라는 것은 욕심이 아니라 보살심이기 때문이라네. 누군가 행복하기를 바라는 마음이 어찌 나를 선하게 만들지 않겠는가. 누군가가 평안하기를 바라는 것을 어찌 이기심으로 치부할 수가 있겠는가.

따라서 기도는 수행자나 동참하는 불자나 날마다 선한 마음을 발현시키고 다짐시키는 의식이 된다네. 기도 동참 불자들은 단순히 자신의 소망을 이루는 발원으로 그치는 것이 아니라, 기도를 하는 수행자로 하여금 날마다 선하도록 이끄는 역할을 감당하는 것이 되네. 불자와 수행자에게 이처럼 아름다운 동행이 또 있을까 싶네. 참선과 경전 공부는 개인의 수행이 되지만, 기도는 수행자와 동참 불자가 선한 발원을 동시에 이루는 일이 되는 것이기 때문일세. 기도 동참 제자가 아니면 내가 어떻게 매일매일 남이 잘되기를 바라는 선한 마음을 다짐할 수 있겠는가 싶네.

115.

어떤 스님이 시끄러운 시장 바닥에 앉아 선정에 들었던 얘기가 있네. 그 수행이 대단하다고 사람들은 말을 한다네. 그런데 그처럼 쉬운 일이 또 어디 있겠는가. 그냥 시장 바닥에 자리를 깔고 앉아 있으면 되는 것 아니었던가.

진짜 대단한 건 시장에서 장사를 하면서 선정에 드는 것이었네. 사람들과 얘기할 것 다 얘기하고, 팔 물건 다 팔면서 선정에 드는 것이 정말 대단한 일이네.

『화엄경』에서는 부처님도 보살들도 선정에 들어서 법문을 하네. 법문할 것 다 하면서 선정에 들어 있다네. 진짜 수행은 삶 속에 녹아 있다는 말이었네. 허위의 선정은 선정이 아니라 흉내일 뿐이라는 말이었네.

116

한 사내아이가 무우수無憂樹 아래에서 태어났었네. 무우수는 '근심 없는 나무'라는 말이지. 그 나무 아래에서 산통의 근심이 없었다는 말이기도 하네. 아이의 이름은 '싯달타'였고, '무엇이든 뜻대로 성취된다'는 의미였네. 이 아이를 본 선인들은 전륜성왕이 될 거라고 예언하였네. 무력을 쓰지 않고도 전 세계를 지배하는 왕이 될 거라고 예언하였네. 인류는 이제 칼과 창으로 서로를 죽이거나 서로 상처 주는 일을 그치게 될 것이라 예언하였네.

이스라엘 민족은 메시아를 기다렸다네. 로마에 뺏긴 나라를 되찾아 줄 왕을 기다렸던 게지. 사람들은 예수에게 "그대가 메시아인가?" 하고 묻기도 했다네. 가롯유다가 예수를

판 건 예수가 이민족에게 뺏긴 나라를 되찾아 줄 왕으로서의 메시아가 아니라는 실망 때문이었을 것이네. 예수는 더 이상 무력에 굴종하지 않아도 되는 강력한 구원자가 아니라는 실망감이었을 것이네.

아, 고래로부터 인류가 얼마나 기다리던 일이었던가. 서로 죽이거나 상처 주지 않는 세상을 만들 왕이라니. 그러나 성인이란 정복자로서의 왕이 아닌 진리의 왕이었네. 지혜와 복덕을 갖춘 깨달은 자, 석가모니가 되었네. 비록 유일신 사상의 종교지만 평화의 사자로서의 예수가 되었네.

그러나 나는 개인적으로 전륜성왕의 세상을, 그 옛날의

사람들처럼 아직도 꿈꾼다네. 전쟁 없이도 하나되는 세상을 꿈꾼다네. 억압받는 백성의 꿈은 언제나 이뤄질까. 더 이상 사람과 사람이 국토 때문에 싸우지 않아도 되는 세상은 언제 이뤄질까. 권력을 유지하기 위해 어린 생명을 저 차디찬 바닷속, 사지로 내모는 일이 없는 세상은 언제 이뤄질까.

불행하게도 진리의 왕인 석가모니의 말씀은 시대에 따라 늘 정치적 논리로 왜곡되었다네. 평화의 사자 예수의 말씀도 왜곡되었다네. 어떤 이는 자신의 왕좌를 신성시하려고 스스로 미륵이라고 자처하기도 했다네. 어떤 이는 예수의 이름을 팔아 신의 사자임을 자처하며 부와 권력을 움켜쥐었네. 때론 인내와 자비를 내세워 권력의 폭거에 순종하기를 강요하거나 거룩한 진리가 정치권력의 현실적 요구에 의해 의미가 변괴되기도 하였네.

그래서 그 옛날의 사람들처럼 나는 여전히 바보같이 전륜성왕의 꿈을 꾼다네. 메시아를 꿈꾼다네. 세상에 국경이 없기를, 이념 대립을 조장하여 서로서로에게 상처 주는 일이 없기를, 총칼을 내려놓고 모든 인류가 서로서로 사랑하기를, 하나된 세상에서 행복하고 두려움 없는 잠을 모든 이들이 청할 수 있기를.

117

동지 지나고 신정新正 지나, 해가 토끼 꼬리만큼 길어진 날 아침이었네. 계란 노른자 같은 태양이 금방 깨져 나온 듯 뜨고, 횟가루 같은 서리가 벌판에 내린 날이었지. 쫑쫑새가 부산스레 오갔다네. 나는 먼 산에 대고 자식을 부르듯 집 나간 개를 애타게 불렀네. 산이 쩌렁거리고 산까치가 놀라 허둥거렸네. 개는 오지 않았네. 그래도 누군가의 이름을 애타게 부를 수 있다는 건 다행이라는 생각이었네. 부를 수 있는 이름을 곁에 두고 산다는 건 가슴 뜨거운 일 아니겠는가.

지난날 애정과 애착의 경계 사이에서 우리는 방황을 했었네. 사랑이란 집착 한 스푼 정도 들어간 커피 같은 것이런가? 중독처럼 내게로 당겨 곁에 두고 싶어지는 것이었네.

거기에서 속도 상하고, 미워도 졌다네. 이런 일들은 사랑이 깊지 못한 까닭이었음을 우리는 살아오면서 배웠네. 그 누군가가 내 것이 아닌 내가 되려는 과정이라는 사실도 배웠네. 그대가 내 것이 아닌 내가 된다는 건 살면서 미울 일이 없는 것 아니던가.

자신이 자신을 미워한대도 결국 자신이란 존재를 보듬고 가야 할 일이 인생이었건만, 사람들은 타인에 대해서는

거기에 도달하지 못한 채 돌아서곤 하였네. 그리고 또 다른 누군가의 이름을 애타게 부른다네. 부르다 대답이 없으면 미워지고 또 떠나가기를 반복한다네. 끝이란 있을까만, 그가 내가 되는 그곳에 이르지 못한 날들은 얼마나 안타까운 후회였던가. 해가 토끼 꼬리만큼 일찍 뜬 날 아침이었네.

사 랑 하 는 벗 에 게

시 짓는 수행자 도정 스님이 보내는 마음 편지

초판 1쇄 발행 2017년 5월 19일

지은이 도정
그린이 김화정

펴낸이 오세룡
기획·편집 박혜진 이연희 박성화 손미숙 손수경 최은영 김수정 김영주
디자인 강진영(gang120@naver.com)
        고혜정 김효선 장혜정
홍보·마케팅 이주하

펴낸곳 담앤북스
        서울시 종로구 사직로8길 34내수동 경희궁의 아침 3단지 926호
        대표전화 02)765-1251 전송 02)764-1251 전자우편 damnbooks@hanmail.net
        출판등록 제300-2011-115호

ISBN 979-11-87362-77-7 03810

정가 14,500원